LES

FEMMES QUI S'EN VONT

OUVRAGES DU MÊME AUTEUR

La Société espagnole. 1 vol. (Chez Dramard-Baudry.)
Les Souvenirs du Maroc. 1 vol. (Chez Morizot.)
Les Célébrités de la Rue. 1 vol. (Chez tous les libraires.)
Les Cercles de Paris. 1 vol. (Chez tous les libraires.)
Les Portraits Parisiens. 1 vol. (Chez Dentu.)
Goya, sa vie et son œuvre, 50 planches inédites. (H. Plon. éditeur.)
La Dame de nuit, traduit de l'espagnol. 2 vol. (Lacroix et Verboekoven, éditeurs.
Le Finale de Norma, traduit de l'espagnol. 1 vol. (Lacroix et Verboekoven, éditeurs.

PARIS. — IMP. VALLÉE, 15, RUE BREDA.

MARQUIS DE VILLEMER

LES

FEMMES

QUI S'EN VONT

ÉTUDES DE PARISIENNES

PARIS

E. DENTU, ÉDITEUR

LIBRAIRE DE LA SOCIÉTÉ DES GENS DE LETTRES

17-19, Palais-Royal, Galerie d'Orléans, 17-19.

1867

LES COUCHERS DE SOLEIL

LES COUCHERS DE SOLEIL

Toi qui cours ardent et fiévreux où t'appelle ton inquiet désir, toi qui tends les mains vers une décevante image qui change sans cesse, si tu veux respirer des parfums subtils et goûter d'âcres plaisirs, passe, et ne lis point!

J'écris dans le demi-jour et le silence, sans fièvre et sans impatient désir, calme, presque triste, le cœur tranquille et la chair contente : rien ne m'émeut, rien ne m'agite; je caresse ma phrase et

la veux ciseler comme un digne ouvrier qui guide
au but certain ses dociles pensées.

— ——

L'automne est venue, les viornes et la vigne
vierge rougissent les vieux murs, la pâle fleur de
chrysanthème au doux éclat fait une tache blanche
dans la haie dépouillée, une brume légère enveloppe toute chose; la nuit va bientôt venir, mais
le soleil, avant de disparaître dans la pourpre et
l'or, embrase la nature entière. Tout éclate et tout
chante : c'est comme un renouveau. Les mélancolies se dissipent, la brume ambrée, poussière
d'or répandue dans l'espace, vibre et s'éclaire de
chauds reflets; c'est la dernière jeunesse de la
nature, le suprême et mélancolique adieu du jour.
Voici l'heure où les souvenirs effacés repassent dans
la mémoire; sondez bien l'espace, regardez voltiger
les douces illusions et les vaporeuses chimères :

bientôt la nuit profonde va dissiper leurs essaims
éperdus.

———

Elles quittent leurs demeures et viennent par les
allées jonchées de feuilles, drapées dans les longs
tartans aux tons vifs; l'occident les appelle et les
derniers rayons font comme un nimbe d'or à ces
fronts pâlis sous les baisers.

Superbes, harmonieuses, lentes à se mouvoir,
elles s'accoudent aux terrasses que les pampres
colorent, Mnémosines attristées, elles évoquent
les amours oubliées et les souvenirs; bientôt
la séve circule plus ardente et plus généreuse,
elles sentent que quelque chose va se détacher d'elles
qui était le sourire et la fleur de leur existence :
c'est l'amour qui va mourir, c'est la faculté d'aimer
qui s'éteint. Leur face s'illumine et rayonne, tout
se transforme, la réalité fait place au rêve.

1.

Les chemins ne sont plus jonchés de feuilles
mortes ; au loin, les grands arbres ne montrent
plus leurs noires tiges ; elles revoient les allées
ombreuses et les haies d'églantiers où toute leur
jeunesse chante au bruit de leurs pas. Un groupe
jeune et beau, aux lèvres humides, aux regards
ardents, passe enlacé dans une attitude charmante ;
comme une ombre heureuse, un sourire vient
effleurer leurs lèvres, une larme perle sous leurs
paupières, elles ont vingt ans pour une heure, et
veulent boire une dernière fois à la coupe de
l'amour.

Heureux celui qui va recueillir cette moisson des
derniers désirs et des suprêmes ardeurs ! Elles
vont se souvenir de toutes les grâces de la jeune
fille et épuiser tous les charmants artifices de la
femme. Mêlant d'une main savante les maternelles

tendresses aux plaisirs des courtisanes, elles feront un bouquet de toutes leurs séductions et de tous leurs charmes. L'entourant de leurs bras nerveux elles vont parfumer le cœur de celui qui va goûter la vie et qui ne pourra plus oublier. En vain la liqueur subtile se sera tarie, le vase, comme un coffret oriental, gardera pour jamais l'étrange senteur de l'élixir qu'il a contenu, et tous les nouveaux baisers qui s'imprimeront sur ces jeunes lèvres n'effaceront pas les ardentes morsures de celles qui leur ont révélé l'amour.

Oh! les baisers des *Couchers de soleil!* Baisers ardents de celles qui succombent avec grâce comme un gladiateur de marbre, et jettent des cris de colombe en implorant la pitié de celui dont elles viennent de river à jamais la chaine.

LA FEMME QUI S'EN VA

— PORTRAIT —

LA FEMME QUI S'EN VA

(PORTRAIT)

C'est positif, elle s'en va, elle est partie. Quel
dommage ! J'ai bien peur, je crois que l'âge de fer
est venu ; à moins que ce soit notre jeunesse qui
s'envole...

Vous avez dû connaître cette jolie race-là, fermez
les yeux, évoquez les amoureuses, rappelez-vous !...
Elle va passer dans votre souvenir, souple, rapide,
vive et légère. La voyez-vous, elle s'avance avec
des jolis frous-frous, c'est la soie qui frôle les

murs, l'air s'emplit de parfums faibles et doux, tout s'illumine et tout rayonne. Recueillez-vous, c'est la jeunesse qui passe !

Quand on lui parlait, tout à coup, sans rien dire, elle frémissait et fermait les yeux. Il semblait qu'elle quittât la terre. Elle avait des côtés un peu fantasques, des joies étranges et des tristesses profondes. Au milieu d'un silence complet elle courait au piano et jouait des choses folles ; elle chantait, elle tapait jusqu'au vertige.

C'était une créature intime, elle était jolie, et pourtant on pouvait passer à côté d'elle sans la voir ; mais un mot, un éclair, un sourire, un geste la révélaient et on allait à elle comme à une amie, on lui disait tout, — le tout des confidences, — elle devinait le reste. C'étaient de longues causeries à deux dans des petits coins ou dans des allées sombres ; on lui disait le nom de sa maîtresse, — elle n'aimait pas cela, — et celui de sa sœur ; on lui montrait son portrait, c'était un petit gâchis

charmant, de l'amitié, de l'amour, une pointe de
maternité; c'était comme une espèce de parenté
non classée; elle aurait pu être votre tante si la
nature y avait mis du sien, et avec tout cela on
l'aimait sans qu'on pût s'avouer au juste qu'on lui
faisait la cour. Elle était sûre de vous, on était sûr
d'elle.

Ce n'était pas une de ces grandes et splendides
créatures auxquelles on a toujours envie de dire :
« mon cher » quand elles sont descendues de
l'Olympe; non, elle était de taille moyenne, une
taille négative ; on perd le sentiment de cette pro-
portion-là; rarement brune, souvent châtaine,
avec des yeux très-doux, quelquefois bleus et un
peu voilés. Elle avait invariablement la taille ronde,
les cheveux souples, pas très-abondants, mais
soyeux et fins et souvent légèrement ondulés par
la nature. Un signe infaillible c'est que les seins
s'attachaient toujours un peu bas, un peu plus et
c'était trop, mais la nature sait bien ce qu'elle fait.

2

Elle s'habillait à ravir et avec rien, chiffonnait très-gentiment, sans s'en douter et sans y attacher d'importance, par goût et sans étude. Elle aimait le noir, les étoffes rayées, adorait les fleurs et en mettait partout avec des grandes avoines et des herbes folles ; je ne sais pas comment elle faisait, ses roses duraient toujours huit jours.

On la rencontrait au marché aux fleurs, elle sortait à neuf heures après avoir valsé jusqu'au matin sans qu'il y parût à sa mine, elle portait les petits paquets à ficelles roses comme personne ; elle était toujours voilée, j'ai compris depuis qu'elle préparait la résistance et ses quarante ans.

Aujourd'hui, à cet âge qui a ses rigueurs (il faut en convenir même quand on est fou des couchers de soleil), c'est à ne pas le croire, elle est encore jolie et elle a toujours la même taille !

Elle marchait comme on ne marche plus ; ce n'était pas la mutinerie cavalière de la bottine haute sous la jupe courte. Si galante qu'elle soit, cette

allure sent sa Maupin et frise l'insolence, ce n'était
pas davantage la désinvolture abandonnée et l'in-
souciance de mauvais ton qui traîne la soie sur
l'asphalte, non, c'était l'école du faubourg Saint-
Germain, la grande école, une démarche simple,
discrète, étouffée, silencieuse. Elle glissait plutôt
qu'elle ne marchait, la jambe se voyait bien un peu,
mais juste assez pour amener le vers célèbre et faire
penser à Musset, pas davantage, on rêvait le reste.
C'était un joli songe qu'on faisait là.

De ces femmes qui regardent mélancoliquement
le soleil se coucher dans la pourpre, pendant que
les étoiles s'allument au ciel, on en voit passer
quelques-unes dans Balzac et dans Charles de Ber-
nard. Jules Sandeau en a connu une; mais il n'a
jamais dit l'adresse, et puis il était trop tard :
c'est la *Brune aux yeux bleus*, sous la lampe de
laquelle on vient s'asseoir, dans *Si je vous le disais
pourtant que je vous aime*. Je crois bien qu'il faut
en faire notre deuil, Parisiens mes frères : elle

nous a quittés, notre air n'était plus respirable pour elle, et elle est morte avec les manches pagodes.

On la respectait souvent ; et, si vous n'avez pas oublié, c'était positivement charmant quand elle était chaste. Pourtant, au fond, on l'aimait sans le lui dire ; mais elle était si intelligente, elle comprenait le silence. Quand, dans les méandres de la conversation, on lui faisait côtoyer malgré elle les sentiers difficiles, elle avait des rougeurs charmantes, des embarras exquis et des petits étonnements très-bien faits, très-nature ; puis elle reprenait vite son assurance, vous offrait sa main quand vous lui demandiez son cœur, et il fallait bien s'en contenter, une main longue, effilée, *psychique*, comme aurait dit d'Arpentigny : c'était un joli lot, on eût été bien difficile. Elle était ordinairement mariée, mais quelquefois veuve ; alors on pouvait aller au fond des choses, et c'était un charme de plus.

Je me suis souvent demandé d'où venaient sa grâce et sa séduction ; je le sais maintenant : c'est qu'en cherchant bien, on arrivait à se prouver à soi-même qu'on la désirait un peu, et rien ne rend aimable comme un peu de fragilité ; du reste, elle ne rompait pas, elle ne faisait que plier.

Il faut convenir qu'il y avait quelque chose de séduisant dans cet état singulier, qui n'était plus de l'amitié, qui n'était pas tout à fait de l'amour, et qui en était séparé par une espèce de frontière idéale ; délimitation vague, toute de convention : il manquait un gros détail. Aussi un beau soir, à la brune, on se trompait de pays, on passait à la frontière, et on émigrait sans s'en douter, comme dans les États qui sont en pente. Alors c'était son triomphe ; avec quelles charmantes précautions et quel adorable embarras elle allumait la lanterne pour vous montrer la bonne route que vous vous obstiniez à prendre pour la mauvaise, et on rentrait au bercail tous les deux, comme deux vrais amis,

2.

les yeux rouges, le cœur gros, la chair un peu
troublée, confessant son erreur, bénissant la main
qui vous ramenait dans la bonne voie ; on la mouillait de larmes cette jolie petite main, on y collait
ses lèvres, et quelques mois après on essayait encore de passer à l'étranger pour avoir le bonheur
d'être reconduit jusqu'à la frontière.

Elle était lascive sans s'en douter, dansait peu
et c'était injuste, car elle dansait à ravir, mais elle
était difficile sur le choix de ses cavaliers ; pourtant
quand on jouait une valse du temps, *Rosita* ou
Giselle, elle venait à vous et vous ouvrait les bras,
on partait comme un rêve, et le rêve devenait peu
à peu un ouragan ; elle fermait les yeux languis-
samment et s'abandonnait dans une douce mesure.
C'était le moment où le mari venait immanqua-
blement lui dire : « Clotilde !... Clotilde ! Et tes
palpitations ! Quand tu valses tu ne te connais
plus. » Et elle s'apercevait que tous les autres
groupes avaient déserté et qu'elle valsait toute

seule, elle revenait à la vie en rattachant ses cheveux avec un joli geste de Vénus antique, ou en portant la main à son cœur avec un sentiment de souffrance.

C'était fini, elle ne disait plus un mot de la soirée.

Elle était vaillante au besoin, nerveuse et forte dans le danger, ardente à la défense quand on attaquait ses amis, passait des nuits entières au chevet d'une compagne et trouvait je ne sais quel plaisir sensuel dans le sacrifice. Elle n'était pas positivement triste, au contraire, mais elle avait horreur des loustics, comprenait à demi-mot toutes les réticences et toutes les mélancolies, venait à vous en vous disant : « Georges, vous avez quelque chose. — Mais non, je vous assure. »—Dix minutes après on pleurait dans son sein.

Il fallait la voir panser les cœurs blessés, comme elle s'entendait à mettre son petit taffetas, son baume, son arnica, et sa jolie petite charpie rose.

Elle était très-sensible, délicate, rêveuse, absolument indifférente aux cancans, elle pouvait revenir d'un bal et ne pas savoir si son amie Mathilde était décolletée, les faits et les toilettes lui importaient peu. Tout entière aux sensations, elle lisait dans les cœurs comme dans un livre.

Ce n'était pas un bas-bleu ; mais enfin on pouvait causer avec elle : on s'entendait, on se comprenait ; elle n'avait pas d'affreux bronzes sur sa pendule et des bijoux qui font grincer des dents ; elle était coloriste sans s'en douter, et, d'instinct, adorait les grands maîtres, ne disait jamais d'hérésie, ni en art, ni en littérature, écrivait comme un bijou et lisait d'une façon charmante.

Je n'ai pas horreur des notaires, on les a beaucoup calomniés, j'en sais qui sont parfaits et leur fréquentation n'est pas toujours énervante ; d'ailleurs ils sont lettrés, c'est toujours cela de pris.

Eh bien ! les notaires avaient souvent de ces femmes-là.

Je me suis bien des fois demandé où ils allaient les prendre ces tabellions !

Maintenant c'est bien fini, cette femme-là s'en va. Il y en a d'autres, je le sais bien, mais ce n'est plus la même chose, le siècle est positif. Elle passe encore par-ci par-là le voile baissé, blottie dans le fond d'un coupé, triste, mélancolique, presque recueillie, ou à pied, frôlant les murs, discrètement vêtue, glissant, comme une ombre. On la suit involontairement, c'est le je ne sais quoi qui vous attire, c'est le fantôme de la jeunesse qui passe, tenant à la main la pâle fleur aux tons mélancoliques et doux, le chrysanthème, la fleur d'automne.

LETTRE A LA BARONNE

LETTRE A LA BARONNE

A Mme DE VILESNE, AUX *Siete Suelos*, A GRENADE.

Chère baronne,

Chaque fois que j'ai vu, depuis dix ans, vos grandes malles-monde encombrer l'antichambre, j'ai pu certifier d'avance que vous alliez au-devant du soleil.

3

C'est un instinct, vous regardez l'Orient avec
une persistance singulière et le moindre courant
d'air qui se glisse sous les consciencieuses portières
de votre salon vous fait penser au départ. Il vous
faut le tiède climat de Stamboul, les nuits étoilées
du Bosphore et l'éternel printemps d'Oloossone ou
de la blanche Camyre. Ne craignez rien, baronne,
nous sacrifions au même dieu, le dieu Parsis, —
et je ne vous fais pas un crime d'avoir fui les autans : moi aussi je suis un adorateur du feu.

Je grelotte en vous écrivant, je fais des vœux à
la saint Laurent, je demande à être retourné, j'ai la
face grillée et le dos gelé, -- les traitres vents coulis,
les perfides zéphyrs !

S'asseoir à l'ombre des temples hypètres, à
Philoé ou à Dendérah, visiter les mystérieux hy-
pogées, voir s'abattre sur les pylônes les gypaètes
et les ibis roses ! Quelle antithèse charmante en
hiver ! Lorsque mon imagination caresse cette
illusion-là, je sens des frissons voluptueux jusque

dans ma pensée; et je relis *Emaux et Camées*, comme l'hiver dernier au coin de votre feu; puis, si je ferme les yeux, j'entends le bruit sec des palmes agitées par le vent et ce cliquetis ressemble au joli fracas de gigantesques éventails qu'agiteraient des senoras monumentales. Voilà notre petite caravane, nos fellahs mélancoliques et nos sacripants de cawas qui nous escortent pour l'amour de Dieu. Notre cange nous attend au bord du Nil et nous nous enfonçons dans ce désert de sable gris dont rien n'altère l'immobilité.

Non, non, non! Tout cela est un rêve, je suis à Paris, il pleut à verse; il fait froid; nous sommes tous enrhumés; les murs suintent et le ciel est d'un gris terne comme le néant. Il passe sous mes fenêtres des gens crottés, des cochers arrogants et des parapluies qui se présentent en raccourci — comme dans Granville, — une bottine noire mouchetée de boue, un point blanc chiné de crotte, c'est le bas de jambe, et la rotonde de soie brune et lui-

sante de pluie! Voilà le croquis d'une Parisienne
pris de ma fenêtre !

Comment se fait-il qu'il ne vous soit jamais
venu à l'idée, à vous, la plus voyageuse de toutes
les Parisiennes, de tenter une excursion au Nord ?
Je vous assure que vous avez absolument tort, et
je regretterai toute ma vie que vous n'ayez pas
voulu faire partie de notre petite caravane, lorsque
nous sommes allés à Nijni-Novogorod il y a deux
ans. — Vous voilà installée pour tout un hiver à
Grenade, en plein Alhambra, c'est un beau rêve
réalisé quand on est blasé comme vous l'êtes sur
Ischia, Capri, Mola, Nice, les Baléares ou la vieille
Égypte. Mais le Nord a bien son charme et sa poésie.
D'ailleurs, en fait de voyages, je professe une opi-
nion que je vous ai souvent développée, j'aime à
voir les pays dans leur saison violente.

J'ai passé un été à Grenade alors que la nature
était en fusion, les cactus de l'*Albaycin* crépitaient,
et, rassemblé sous l'ombre bleue de mon parasol,

je voyais se tordre à mes pieds, comme la baguette
de l'Écriture, les planchettes de ma boîte de couleurs. La nature était assoupie dans sa robe de feu,
comme dans Leconte de Lisle. — Eh bien, baronne,
cette saison-là a son ivresse ! — L'année suivante,
en plein novembre, pendant que vous alliez à
Mayorque, nous partions avec Fontenay, Kinburn et
sa femme pour Moscou et je ne saurais vous dire
tout le charme qu'avait pour moi cette retraite de
Russie. La nature exaspérée, les immenses linceuls
de neige, tout cela m'a séduit comme la Fournaise.
Et notez que je voyageais avec *Belle Héléna !* Quelle
raison pour vous regretter, vous la reine des voyageuses, commode comme un garçon, prête à tout,
bon compagnon, passant une nuit à la belle étoile
avec une sérénité parfaite, toujours sur le qui-vive
quand sonne la cloche du bateau à vapeur, endurant
la faim et la soif sans vous plaindre et poussant la
mansuétude jusqu'à trouver passables les affreux
lits d'auberge.

Quant à Belle Héléna, je le lui répète à tout moment, c'est bien fini, j'irai encore avec elle de Paris
à Saint-Cloud ou à Versailles, mais c'est à la con-
dition expresse que nous prendrons le chemin de
fer et non la poste. En voyage, elle n'a qu'une
idée fixe : le télégraphe. Elle en joue toute la journée et pour les motifs les plus inattendus : je vous
assure que c'est un tic. Vous savez qu'elle ne voit
qu'assez rarement les Fonvieille, entre nous elle
déteste Hortense, qui l'appelle *Moulin à vent* dans
l'intimité, et elle n'a pour Édouard qu'un enthousiasme incolore. Eh bien! le matin de notre arrivée
à Moscou, transis, gelés, somnolents, perclus, pendant que nous nous faisions faire du thé et que
nous intriguions pour avoir un bain réparateur,
Belle Héléna n'avait pas de cesse qu'elle n'eût ras-
suré les Fonvieille qui, disait-elle, devaient être
bien inquiets. Et allez donc! Un bon télégramme
de Moscou à la rue Saint-Arnaud; vingt mots en
nègre: vingt-neuf francs? C'est pour rien! Kin-

burn, qui est bon diable et que ces fantaisies de sa
femme amusent comme au premier jour, riait à se
tordre et prétendait que la comtesse allait répon-
dre par la même voie : « Qu'est-ce que cela me
fait! » il est certain que jamais Héléna n'aurait trouvé
une plus belle occasion de ne pas taquiner les fils
électriques.

Il est élémentaire qu'on ne demande pas de l'eau
de Saint-Galmier à Voronège, à cent lieues de
Moscou, elle n'a pas manqué son effet, et il aurait
fallu voir la tête que faisaient les garçons d'hôtel.
Il paraît que Cabarrus lui a ordonné ce breuvage
affriolant, le docteur flatte sa manie, car enfin elle
a une santé d'enfer, elle valse cinq heures de suite,
soupe comme un collégien en vacance, et dévore
des sandwichs à l'heure. Kinburn qu'on appelle à
l'Union la *terreur du foie gras* est pâle à côté d'elle
et passe des nuits à lui faire du thé.

Comme je bavarde, baronne! et je ne vous ai
pas encore dit un mot de l'innocente débauche

que nous avons faite le jour de la Sainte-Amélie.
Nous étions fort tristes de ne point pouvoir vous
souhaiter votre fête. Vous envoyer nos souhaits au
bord du Darro et du Génil c'était bien, mais ce
n'était pas assez. Mercredi, j'ai fait signe à Maxime,
à de Torcy et à sa femme qui devient radieuse dès
qu'on parle de faire les cent coups et j'ai té-
légraphié vingt mots à votre château de Lorey.

Le lendemain à neuf heures et demie nous étions
à la gare, à onze heures nous arrivions devant le
perron, Pierre avait eu l'esprit de prendre le petit
omnibus et d'*y mettre les boules* — Vous voyez
qu'il se forme. — J'étais passé chez Bontoux, j'a-
vais les clefs de la cave, je n'avais donc nulle inquiétude. Le village est charmant en temps de neige,
les petits enfants collaient leur nez aux carreaux,
et les bonnes gens nous disaient bonjour... Je suis
sûr que tout ce monde-là a cru un instant à votre
retour.

Nous voilà enfin à Lorey, grande émotion!

M. le curé et M. le maire sont sur le perron pour
nous recevoir, cela me contrarie un peu. De
Torcy, toujours sportsman, court de suite aux écu-
ries, *Scapin* est superbe, mais il engraisse trop.
—*Pomone* est un peu mélancolique. Les terriers
nous font fête et se roulent dans la neige.

Nous avons un froid de loup, c'est charmant,
r ma fait des glissades, et moule son masque dans
la neige. — Je n'ai jamais vu une comtesse plus
gamine que celle-là. — La petite rivière d'Eure
déborde la prairie, les truites et les carpes de l'é-
tang qui n'ont pas reçu leur pâture de vos mains ni
de celles de Blanche depuis plus de trois mois, sont
absolument à la mélancolie, et le pont qui mène à
la Kalbrett est miné par la crue des eaux. Maxime
fait allumer un grand feu sur la pelouse et tire des
corbeaux; Irma, qui a mis vos petits sabots des bains
de mer, prétend qu'elle suit des traces de chevreuil.
— Je respecte son erreur, baronne, mais entre
nous ce sont des lapins.

On a bien tort de ne pas venir de temps en temps
visiter ses terres en plein hiver, c'est sain et forti-
fiant et la nature est charmante. Je n'avais jamais
vu Lorey sous cet aspect-là, du haut du perron on
voit tout Breuilpont avec le château des Talleyrand,
c'est une perspective nouvelle masquée pendant
l'été par les platanes de l'allée de Vilesne.

Le curé et le maire, soupçonnant quelque mystérieux projet, prennent discrètement congé de nous,
— je fais un coup de tête et je les retiens à déjeuner en votre nom, ils acceptent. — Je ne vous
dissimule pas que le maire venait de m'avouer qu'il
sortait de prendre son café. Riche nature!

Nous voilà donc tous installés dans le salon du
rez-de-chaussée en face d'une table bien servie, un
bon feu dans la cheminée, votre couvert est mis,
et à côté d'Irma, celui de Blanche, — un bouquet
sur chaque assiette. Pierre, qui nous sert à table,
ne comprend pas grand'chose, mais il sourit avec
une émotion comique quand je porte le toast « *aux*

absents. » Le maire est ému. Je voudrais savoir le fin mot, a-t-il vraiment déjeuné deux fois? Je ne puis le croire à la façon dont il a attaqué le pâté. Etait-il à jeun ? Mais ce café noir qu'il venait de prendre !

Enfin, baronne, nous étions là six êtres qui vous aimons bien, debout devant votre grand portrait de Ricard, le verre en main comme des Allemands, et nous avons envoyé là-bas, vers le Généralife et la Sierra Névada nos souhaits de bonheur. Maxime s'est mis à raffiner, il a décroché l'esquisse qu'Henri a faite de Blanche et l'a mise sur sa chaise vide.

— Nous avions un peu l'air de la petite chapelle.

— Tout le monde a eu sa part, et pour que cette scène ressemblât le plus possible à celle des autres années, j'avais détaché *Saléro* qui reposait sur son coussin au pied de votre chaise.

A quatre heures nous étions à Paris, après ce petit pèlerinage et ce doux sacrifice à l'amitié.

Maintenant, baronne, puisque vous êtes décidée

à passer l'hiver là-bas, quittez les *Siete Suelos* et n'habitez pas en plein Alhambra, c'est bon pour un artiste ou un poëte qui doit faire corps avec le monument. Redescendez en ville, où vous voudrez, chez Perez ou *aux Ambassadeurs*, et vous aurez dans huit jours chez vous les tertullias que vous allez chercher chez les autres.

Il y a de par la ville un certain Ximenez qui s'intitule guide de Washington Irving. Qu'on vous le trouve à tout prix ! Attachez-le à votre personne, il vous évitera mille démarches ennuyeuses, et adoucira pour vous ce féroce lieutenant qui garde le bain des sultanes et qui vous suit partout avec inquiétude. Vous pourrez errer à votre aise dans ce joyau sculpté, et si cela vous plaît, laisser traîner vos sandales sur le marbre comme dans les *Orientales*. Visitez dans leurs fauves demeures les indomptables gitanos, demandez à Ximenez de vous présenter le *capitaine*, c'est le roi de cette tribu de truands colorés et pittoresques. — Ce

sacripant qui joint à l'élasticité de conscience des
francs-mitous la grâce et la prestance d'un caballero
est un peu de mes amis. — N'oubliez pas surtout
de vous faire donner le bal de gitanos, c'est un
passe-temps qui vous coûtera la modique somme
de dix douros, et c'est une révélation. — Toute
l'Espagne est là!

Ximenez a une fille, née à Ceuta où il a été in-
specteur des Présides. — Une Espagnole née en
Afrique, vous n'avez pas idée de ce que cela donne.
— Regardez-la, baronne, et songez, en face de cette
innocence invraisemblable, que j'ai vécu six mois
séparé de Pepita par l'épaisseur d'une cloison. —
Et une cloison espagnole, la moins sérieuse de
toutes les cloisons! — Allons donc, ne me parlez
pas de saint Antoine.

Six mois, chaque matin, comme une simple mor-
telle, elle m'a apporté la nationale omelette aux
pommes de terre, et versé de ses doigts de fée le
mançanilla et le jerez. J'avais envie de tomber à

4

ses genoux, et de lui chanter des hymnes,
eh bien ! baronne, cette fleur de pêcher, quand
elle sentait que l'hymne allait venir, prenait un
œillet à sa coiffure, et me le jetait au nez en me
montrant ses jolies dents.

La fleur de pêcher doit être devenue une bien
jolie pêche.

Adieu, baronne, nous sommes toujours dans la
fournaise, pris dans l'engrenage parisien et sans
espérance d'en pouvoir sortir cette année. — Depuis que votre maison est déserte, et que nous ne
pouvons plus aller nous asseoir sous votre lampe
en disant du mal de Belle Héléna, je suis tout triste ;
et, comme Boabdil, je pense à Grenade.

Mille bonnes choses à Blanche et à vous mes res-
pectueuses amitiés. — Ecrivez, baronne, au nom de
Notre-Dame del Pilar !

CE QUE FEMME VEUT

CE QUE FEMME VEUT

Figurez-vous un wagon de première classe, —
je ne vous demande pas l'impossible. — Il pleut à
torrents, une de ces bonnes grosses pluies chaudes
qui calment les nerfs et font rougir les fraises ; le
train vient de Versailles. — « Les voyageurs pour
la ligne de Paris ! Suresnes ! Puteaux... Asnières,
Paris,... Paris !... ris !! en voiture ! » A Saint-
Cloud je fais irruption dans le wagon, je porte

4.

une énorme touffe de roses encadrées dans des pivoines blanches, je suis trempé.

Connaissez-vous rien de bête comme un monsieur qui entre dans un compartiment où des dames étalent effrontément leurs jupes? C'est à qui lui fera le mieux sentir sa témérité. on regarde à gauche, à droite, on interroge du regard, on supplie, on a l'air de demander pardon d'être venu à la campagne, on reste là tout honteux. sur la pointe des pieds, naviguant entre les jambes des voyageuses qui regardent le paysage avec une attention soutenue. Quand le voyageur est mouillé, ce n'est plus un intrus, c'est un ennemi, et je vous ai dit que je ruisselais, j'avais l'air d'une allégorie du Rhin, père des fleuves.

Ma foi, vous concevez, je ne fais ni une ni deux,

je prends une grande résolution et je me laisse
tomber sur une jupe de grenadine; la jupe se
retourne, elle va m'injurier, c'est sûr, mais je
cache ma rougeur sous mon bouquet de roses, et
la dame s'écrie : « Dieu que c'est beau ! Vois-tu,
Nathalie, c'est le *géant des batailles!* »

J'aime bien ces natures-là, elle a très-bien dit
cela, c'est bien parti. Les narines de Nathalie se dilatent, son œil s'allume, elle hume mon bouquet, je
salue et je reprends mon assurance.

Je m'enfonce un peu, la grenadine se tasse, ma
voisine retire sa jupe et l'étale, j'étais dessus, me
voilà dessous.

Elle est bien jolie Mme Nathalie, vingt-cinq ans,
des dents insolentes, des yeux! des cheveux!
Enfin beaucoup de tout, une Nathalie à point; et
un teint! Vous savez bien ces teints mats, un peu
pâles, et même un peu jaunes avec des nuances de
roses-thé, ces jolies femmes en ivoire dont leurs
bonnes amies disent : « *Elle n'a pas de teint*, mais

c'est une jolie personne. » — Elles sont si mauvaises entre elles !

La grenadine n'est plus une enfant, c'est une de
ces femmes qui se défendent et qui n'abdiquent
pas; elle doit friser les trente-huit, en prendre
trente-cinq et donner les trois autres à ses amies
intimes. La main est étonnante, elle ne porte pas
de gants, méprise les bagues et les bracelets, et
pour mieux montrer son bras elle en est restée
aux manches pagodes. — Voilà ce qui s'appelle savoir son affaire !

C'est le compartiment de droite. Nathalie est
en face (sa jupe est contente, elle occupe deux
places), et la grenadine et moi nous lui faisons vis-
à-vis. Je me cache derrière mon buisson et j'ob-
serve le compartiment de gauche, il est complet.
C'est un jeune ménage (allemand pour sûr) et en
face d'eux, deux gaillards de vingt-cinq ans, des
noceurs, à chaque station qu'on annonce, ils enta-
ment une histoire.

Quant au jeune ménage, on n'est pas plus allemand que ça, l'homme a l'air d'un monsieur comme
il faut qui jouerait de la clarinette dans les cours
pour son agrément, la jeune femme a la tête
courte, des cheveux filasse, des bandeaux en huit
sur un front très-bas, le teint très-coloré et pas
beaucoup de nez. Je vois leur affaire, ils sont de
Nuremberg, on les a mariés à la fleur des ans, ces
êtres-là s'adorent et ils sont dans la lune de miel.

Ils viennent de Versailles, on leur a tout montré,
le Palais, les Naïades, la pièce d'eau des Suisses,
l'Œil-de-bœuf et le Petit-Trianon, avec les voitures
du sacre. Ils n'ont rien vu, rien regardé, et vous
ne saurez jamais jusqu'à quel point Louis XIV leur
est égal, mais quand le gardien avait les talons
tournés, ils ont dû s'embrasser derrière les portes
en disant de temps en temps... *famoss ! colossal !...*
pour ne pas humilier la France.

Ici, en wagon, c'est tout un poëme qui frise l'in-
convenance. Marguerite est couchée sur Faust. Ils

se tiennent constamment par la main, se font de
petites confidences étouffées par des sourires, ils
ont des petits jeux de physionomie, des tressaute-
ments voluptueux et des larmes dans le coin de
l'œil. Ce ne sont pas des voyageurs, ce sont des
myosotis, et je parie qu'ils ont des vergiss-mein-
nicht dans leur porte-monnaie.

Les *noceurs* sont parfaits, bien bâtis, rassurants
à voir à force de santé, ils ne m'ont pas l'air d'être
du jockey, — au contraire. Le train s'arrête, c'est
Suresnes ! — A ce nom, le plus âgé des deux part
avec une histoire.

« Tiens, c'est Suresnes ! Oh ! Suresnes ! Quelle
noce ! Dieu que j'ai ri à Suresnes ! Figure-toi, mon
cher, nous étions six, c'était charmant, dont deux
dames pas comme il faut du tout ; tous aimables
convives, du reste et gris ! — Je ne te dis que ça.
C'était chez Colombier, tu sais bien, Colomb... *Au
renseignement.*

» Nous dinions dans le salon du bord de l'eau,

et pour taquiner l'écho, nous jetions à la folle brise les noms de ces dames. — Elles s'appelaient Julie et Imilie. — On fait ce qu'on peut, — mais moi je suis romanesque, et je les appelle Lodoïska, j'aime mieux ça. Donc, j'appelle... tu ne devineras jamais ce que l'écho a répondu... Tu comprends que ça n'est pas poli.

» Moi, je rageais! et je nourrissais les plus noirs desseins; aussi je prends ma belle, et au moment où l'écho passe sous la fenêtre, je le coiffe avec la salade. J'aurais pu choisir les petits pois, mais je suis toujours délicat. — Voilà que ça se corse, on monte, nous nous attrapons, on me fait des bleus, je cogne. Les femmes crient, les naturels du pays vont chercher la garde, on nous mène au poste. — Tableau.

» Je ne sais pas, moi, mes noces, ça finit toujours par des commissaires. Je le vois encore, cet homme administratif, un petit, gros, court, très-paternel qui nous interroge avec une dignité mu-

nicipale. — Ça allait y aller, il voyait bien que
nous étions des gens très-comme il faut au fond,
mais voilà Imilie qui se jette à son cou en lui disant : « Vous n'êtes pas un magistrat, vous, vous
êtes une mère, mais pourquoi donc que vous avez
des yeux en boule de loto ? » Il ne comprend pas
la plaisanterie et nous couchons au poste. Ça m'a
un peu gêné, parce que c'était la réponse des
primes, mais je n'ai jamais tant ri. Ah ! j'aime bien
Suresnes, moi ! »

Quant à mes voisines, elles ne disaient rien, elles
n'entendaient rien, elles étaient fascinées par les
roses, elles en aspiraient les parfums et se regardaient de temps en temps avec des airs d'intelli-
gence. — *Désir de femmes est un feu qui dévore.*
— j'étais seul et sans défense.

La plus jeune était la moins timide, elle ouvrit
le feu, son regard allait du bouquet à mon visage,
calme et bienveillant, sans désir. Elle ne parlait
pas, mais son silence avait une éloquence persua-

sive. Elle aussi tenait des fleurs à la main, un de ces affreux bouquets de jardiniers, des roses communes, d'un rouge violacé avec des pois de senteur et de maigres bluets. — On n'est pas moins coloriste. Comme elle parlait à la cantonade, en femme qui veut qu'on l'entende, je devais tout savoir : elle venait de Ville-d'Avray voir des maisons de campagne. « Un joli pays, Ville-d'Avray, un peu colonie, on dit que c'est humide, mais de la verdure, des étangs, jolie société... » et patati et patata, elle remuait, elle parlait ! Elle avait l'air d'une petite bergeronnette dans sa cage.

La première maison lui plaisait... seulement ! — La bâtisse était vieille, pas de tournure, un jardin de curé, des portes bâtardes, des pièces qui se commandent; c'est humiliant, on ne peut pas recevoir : haut de plafond par exemple et une vue à ne jamais sortir de la fenêtre. Victor coucherait dans le salon bleu parce qu'il adore les vues. — Cet intrigant de Victor !

Elle avait bien ri, Nathalie, on entrait dans cette maison-là comme dans un moulin, il n'y avait ni jardinier, ni concierge ; mais une pie dans une cage, au beau milieu de la pelouse. — C'est insuffisant pour les renseignements.

La seconde maison avait un jardinier mais pas de pie — on ne peut pas tout avoir. — Elle était moderne, partout des papiers frais et des glaces sans tain, mais la cuisine était insupportable, on avait les gens dans sa poche ; pourtant il faut tout considérer, c'était tout près de Sèvres, et Victor pourrait s'en aller par l'américain. — (Il paraît que ce Victor est insatiable !) — Le jardin n'était pas mal, beaucoup de rosiers, mais pas de ces belles roses... (Et elle montrait mon bouquet à la jupe de grenadine). « Tiens, vois-tu, cette grosse-là qui va s'épanouir, c'est la *Gloire de Dijon*, elle est saumonée, et peu épineuse ; la rougeâtre avec un fond aurore, c'est le *Triomphe du Luxembourg*, elle répand une légère odeur de thé, elle est pres-

que solitaire, à l'extrémité des branches, et soutenue par de faibles pédoncules qui fléchissent
parfois sous le poids de la fleur. A côté, tu vois le
Géant des batailles, un hybride remontant d'un
rouge superbe, les épines en sont dures, variables
en grosseur et en longueur, Victor dit que c'est
une des plus belles. » — Victor commençait à m'a
gacer.

De temps en temps la jupe de grenadine essayait
bien de placer un mot, mais Nathalie y mettait bon
ordre ; aussi s'était-elle réfugiée dans le silence,
mais un silence sur le pied de guerre, elle avait
l'air d'être en embuscade, elle me soignait avec sol-
licitude, contenant avec soin sa jupe rebelle, elle
avait fini par me faire trop de place : elle allait
jusqu'au dévouement, fermant le vasistas pour éviter les rhumes : « Ce pauvre Monsieur est en nage,

et on ne se méfie pas assez des courants d'air. » On a beau être blindé comme le *Taureau* et à l'épreuve de la séduction, il est difficile d'être insensible à des soins si touchants.

Mais ces roses, ce n'était pas pour moi que je les avais cueillies, qu'est-ce que dirait la dame de cœur, et puis enfin je ne la connais pas moi, Nathalie, je ne sais pas pourquoi je lui offrirais des fleurs, je n'ai aucune raison pour cela. — D'ailleurs, son Victor m'agace, ce monsieur qui ne peut pas coucher dans une chambre sans vue et qui va prendre le salon bleu et l'américain. — On n'est pas raffiné comme cela.

Je sais bien qu'un bouquet, à une femme, ça ne tire pas à conséquence ; mais enfin ce n'est pas du dernier bon goût. Comme cela, tout de suite, en wagon ; sans être présenté : ce n'est pas du tout régulier. Enfin voilà Asnières, dans huit minutes nous ne nous connaîtrons plus, ayons du caractère, qu'est-ce que je risque ? Plus j'y pense, plus je

trouve que... car enfin elles sont jolies, c'est vrai,
mais elles ont un peu l'air..... d'ailleurs des femmes très comme il faut auraient admiré en silence,
tandis que celles-ci on foulé aux pieds la réserve
et l'humilité qui est l'apanage de leur sexe. Tout
bien considéré, on n'épilogue pas comme cela sur
le bouquet d'un Monsieur qu'on ne connait ni des
lèvres ni des dents, et puis dans ce temps-ci il y a
des aventurières qui ont l'air si comme il faut, et
des femmes comme il faut qui... Nathalie a une jolie
main, je ne dis pas, mais s'il fallait offrir des fleurs
à toutes les femmes qui ont de jolies mains, où
irait-on ? et puis elle est très ferrée sur le *bon Jar-*
dinier, et elle doit en avoir plus que moi des
roses. Quant à la jupe grenadine, elle n'est plus
jeune, — elle a au moins quarante-deux ars cette
femme-là, — elle peut bien se passer de roses ;
d'ailleurs elle n'a rien dit, et entre nous, je la soupçonne de ne pas être forte. — Ma foi tant pis,
je me blinde et je garde mon bouquet.

Et je me mis à regarder les myosotis de la Ger-
manie qui continuaient à effeuiller des marguerites
en dedans. On venait d'annoncer la station d'Asnières, et le grand braque qui m'avait l'air de ne
pas être du Jockey racontait une nouvelle *noce*, il
était question de vaisselle cassée et d'un gendarme
qui voulait empêcher une dame qui s'appelait
Pichenette de monter sur l'impériale.

Nous approchions du but et j'allais échapper
quand un incident me perdit. — C'était sous le
tunnel des Batignolles, — les deux voyageuses
revinrent toutes deux à la rescousse avec une impétuosité qui me laissait peu de chance de salut.
A quoi tiennent les choses ! Je cherche mon billet,
mes gants m'échappent — ma canne, mon billet,
mon chapeau, mes gants, mon énorme bouquet,
vous voyez d'ici le tableau ; c'est un désastre, j'étais
bien embarrassé, et pendant que je mets un genou
en terre, Nathalie s'offre obligeamment à tenir les
roses. C'est assez difficile de refuser, me voilà

donc fourrageant sous les banquettes. — J'ai rarement vu de jambe attachée comme celle de Nathalie. J'avais le sang à la tête, je devais être affreux à voir, mais je ne perdais pas un mot de la conversation, et je ne trouvais toujours pas mon billet.

La grenadine était simplement une hypocrite et sa réserve était plus perfide encore. — « Ma chère, tu ne sais pas t'y prendre, j'espère qu'il n'aura pas le cœur de le remporter, ce n'est pas fait pour les hommes ces choses-là. »

Et Nathalie d'ajouter : « Je n'avais pas vu cette grande jaune-là, c'est la *princesse Adélaïde*, j'en avais aux *Grands-jardins*, ça s'obtient par boutures, ce n'est plus comme les variétés remontantes à bois dur, les hybrides de Portland, il faut une terre franche, un peu fraîche et bien fumée ; — regarde donc notre bouquet de pauvres à côté de celui-là, c'est à le jeter sur la voie. »

Je les avais cueillies une à une, encore humides
de pluie, je les avais choisies à peine ouvertes
passant d'une allée à l'autre, butinant sur chaque
rosier, coupant obliquement la tige en parfait jardinier, et je les voyais déjà dans une belle potiche,
sur un guéridon. — Vous savez, une de ces potiches
de Chine où des dames aux yeux retroussés qui
portent des parasols en émail bleu se penchent à la
fenêtre des tours en porcelaine. — *Au fleuve
jaune où sont les cormorans.*

J'avais retrouvé mon billet, nous étions arrivés
Nathalie me présentait mes roses avec un gros
soupir — vous concevez, c'était bien difficile, on
est Français ou on ne l'est pas. — C'est comme
cela que Jeanne n'a pas eu son bouquet ce jour-là.

JOLIE FOURCHETTE

JOLIE FOURCHETTE

Je venais de courir le monde pendant trois années, j'avais vu des pays extravagants, des miss blondes, des Italiennes brunes, des Espagnoles jaunes, des Mauresques rose-thé et des Nubiennes en bronze florentin. Je rentrais à Paris et me trouvais un peu ahuri en face de la civilisation ; j'étais bronzé, brûlé, tanné et très-laid ; mon col me gênait, l'usage des gants me paraissait étrange. — J'étais devenu fauve.

J'arrive, je traverse le boulevard comme un homme ivre, et au moment où j'entre à l'hôtel, je rencontre mon ami Marcy, un touriste retraité. Nous tombons dans les bras l'un de l'autre. — Un gamin passe. — Merci. plus qu'ça d'amour !

Marcy, c'est Carnioli doublé d'Alfred Tattet, le dilettante le plus enragé que je connaisse ; il donnerait le percement de l'isthme de Suez pour la symphonie avec chœur, et les droits de l'homme. pour la Vénus de Milo. — Vous entendez cela d'ici : — D'où viens-tu ? Où descends-tu ? Depuis quand à Paris ? Comme tu es bronzé, tu es d'un beau ton, un vrai Masaccio !

— Mais tu vois, j'arrive, et ta femme ?

— Très-bien merci, tu dînes ce soir avec nous, une poularde et du marsala exquis, tu es né coiffé, pas d'objection !

— Mais je suis brisé.

— Pas un mot de plus, c'est sans façon, nous

sommes entre nous, à six heures et demie, je vais
l'annoncer.

Je ne me gêne pas avec Marcy. Je me dis : « Je
serai là comme au cercle. » A six heures vingt je
sonne. On m'annonce, nouvelle effusion, sa femme
est charmante et me fait toutes sortes de mamours.
J'étais ravi.

Un coup de timbre ! — C'est Bérard, le docteur ;
ce gaillard-là n'a pas vieilli ; belle tenue, habit noir
et cravate blanche. — J'aurais bien aimé la méde-
cine, mais c'est la cravate blanche ! Il paraît qu'on
s'y fait. On nous représente. M. le docteur Bérard ! Notre ami Villemer ! un enragé touriste,
mais parbleu ! vous vous connaissez déjà !

Nous causons Sénégal, vomito, dyssenterie
orientale, petite vérole noire, bref, une conversation charmante. — Second coup de timbre ! M. de
Charmont ! Nouvel habit noir, nouvelle cravate
blanche ! Je me dis : « Le comte va dans le monde
en sortant d'ici, rien de plus simple. » J'avais

6

bien remarqué que Marcy était en habit, mais chez
lui, c'est un tic, et puis il est très-soigneux et je
sais qu'il tient à user ses vieux fracs.

Troisième coup de timbre ! — M. et Mme de
Vilesne ! Mme est décolletée, et plus que jamais
l'habit noir et la cravate blanche. J'étais devant la
glace, je regarde mon gilet à carreaux, ma cravate
à petits pois et mes souliers ternes. — J'étais
affreux. — Encore le timbre ! — C'est agaçant,
J'aimais mieux les sonnettes ! L'habit noir est au
fixe, et le décolletage n'a plus de borne. Je mur-
mure le mot d'Arnal : « Je voudrais bien m'en
aller, » et je cherche Marcy pour l'injurier, il avait
disparu. J'essaye de causer avec le docteur, qui
faisait le joli cœur auprès des dames, mais le docteur me renie, il m'évite, me répond d'une façon
évasive ; je le compromettais, c'était clair. — Et le
timbre allait toujours ! Je compte, nous étions dix-
huit et... blanc partout.

Madame est servie ! — Les cravates blanches

donnent effrontément le bras aux jolies femmes ;
on me laisse seul dans un coin ; j'étais furieux, et
crotté ! — J'aurais donné dix louis pour rencontrer un ramoneur. Enfin je passe le dernier en
essuyant le mépris des valets de pied. — J'enviais
leurs cravates.

On se place, je jetais des regards furibonds à
Marcy qui me crie en levant la tête au-dessus
d'une corbeille de fleurs : « Assieds-toi là, sau-
vage ! et ne fais pas les yeux blancs ! Comtesse,
je vous présente au vol Ahmed-Oul-Cady, de la
tribu des Ouled-Sidi-Cheikh ; je vous demande
un peu d'indulgence pour lui, vous verrez que
sous sa rude enveloppe, il est de mœurs très-
douces.

Vous concevez ! Tout le monde me regarde, j'essaye de rire, mais cela ne venait pas, je riais jaune.
Enfin je me glisse timidement entre les jupes de
mes voisines et j'entends murmurer à mes oreilles:
— Potage reine ou potage printanier ? — J'étais

perplexe, et je cherchais un mot aimable pour le dire à la comtesse, quand j'entends une jolie voix murmurer, comme en un rêve :

— « Printanier toujours ! à défaut de simple consommé ; c'est une règle, rien ne saurait mieux préparer l'estomac. »

Je suis ce conseil et je fourre honteusement le nez dans mon assiette, mais je suis très-fin et j'examinai sournoisement ma voisine.

Elle était blonde, petite, grassouillette, avec des petites fossettes et d'adorables petits bourrelets. Deux jolis mentons bien dessinés, trente-cinq ans, les épaules pleines et blanches. La gorge avait l'air d'être un peu à table, mais j'aime assez cela. Elle avait dressé la carte du menu contre son verre et paraissait plongée dans une profonde méditation. Quant à ma voisine de gauche, elle était très-brune, très-austère, une de ces beautés solides qui résistent aux outrages du temps ; elle était vêtue de noir et ses épaules étaient bien encadrées dans le velours. — C'était la femme d'*Avez-vous vu dans Barcelone?*

Je me remettais un peu et je mangeais! Vous n'avez pas idée de cela; j'avais déjà demandé trois fois du pain; les domestiques me regardaient avec un sourire narquois. Une légère animation, un élégant bourdonnement succédaient au recueille-ment dans lequel on apaise la première faim. — Moi je passais à ma seconde. — Marcy venait de proposer d'enlever les corbeilles de fleurs qui lui dérobaient ces dames, la marquise d'*Amaegui* protesta. On annonça : — Filet de bœuf à la pro-vençale !

— Aimez-vous l'ail au désert? me dit tout à coup la dame blonde.

— Mon Dieu, madame...

— Oui, je comprends, ces jeunes gens !... Vous avez raison, mais moi je ne sais pas résister. Oh ! une pointe d'ail ! On ne sait pas assez le rôle que doit jouer l'ail dans la cuisine.

— Certainement, madame, une pointe d'ail dans la salade n'est pas une chose haïssable.

— La voix motonone du valet murmura:—Brane mouton ou clos-vougeot?

— Clos-vougeot, dit ma voisine, et elle ajouta de sa voix musicale, une de ces voix qui vous caressent et vous enveloppent : « Romanée, chambertin, corton, c'est un principe dont je ne saurais me départir. Les bordeaux sont froids et pauvres ; bien décidément il n'y a que les bourgognes. »

Et elle mangeait toujours, non pas comme moi, avec élan et impétuosité, mais avec une conviction et une sérénité profondes ; comme un marcheur qui a encore une longue route à parcourir et qui veut arriver.

A plusieurs reprises j'essayai de tirer mon autre voisine, la marquise d'Amaegui, de sa méditation, mais elle était détachée des choses de la terre et semblait planer dans l'azur; elle respirait

longuement un bouquet de violettes de Parme
qu'elle avait trouvé sur son couvert, elle s'enivrait
de son parfum, ses paupières battaient de l'aile,
ses narines se gonflaient voluptueusement et se
modelaient en rose, ses yeux se voilaient doucement. — Et le docteur ne voyait rien du tout. Ces
docteurs sont sceptiques!

Le diner suivait son crescendo et avec lui la
bonne humeur des convives. — Poulets à la finan-
cière. — Turban de bécassines. — Mayonnaise de
homard. Puis vint un temps d'arrêt. — Les sorbets
au rhum.

Je ne vous le cache pas, j'adore la glace.

« A quoi pensez-vous donc? me dit avec vivacité
la dame blonde. Le sorbet entre les deux services
est un préjugé, plus que cela, une hérésie : quelques experts ont propagé cette erreur et le baron
Brisse lui-même ne fait jamais un menu sans sorbet; mais comment admettre que cette couche

froide qui doit surprendre l'estomac?... Non, décidément c'est une thèse insoutenable. »

Je continuais à avoir l'air très-bête ; j'ignorais
absolument la théorie du sorbet et je le dis naïve-
ment, j'insinuai que je venais de vivre pendant
une année de la façon la plus déplorable. Le matin
au soleil levant, quand le cawas ouvrait les deux
ailes de la tente, une grande timbale de café noir
et le biscuit des marins ; à onze heures du pilau,
du lard et des oranges ; à six heures encore du riz,
du lard et des oranges ; jamais de pain, mais beaucoup de rhum.

Une impression de terreur se peignit sur le
visage de la blonde comtesse, mais Mme d'Amaegui
m'écoutait attentivement.

« Ah ! nous avions des compensations, conti-
nuai-je, la grande vie à l'air libre, les dangers, les
embuscades, les surprises, les villes blanches à
l'horizon, terres promises qui se détachaient au
soleil couchant sur des fonds d'or pur ; les dé-

bauches de couleur, de caractère et de pittoresque,
les merveilleux paysages, les caravanes colorées
qui font une tache sur le désert gris. » — Moi,
j'étais parti. — Je peignis les attaques nocturnes,
les ténèbres, les pillards qui, la flissah aux dents,
rampent nus dans l'herbe pour couper les entraves
des chevaux, le campement, cité mobile où les
sentinelles passent comme des ombres; les cris des
chacals et les plaintes des chiens errants, puis au
loin, dans la nuit noire, les tentes ennemies avec
leurs feux allumés qui semblent des lucioles qui
brillent dans l'herbe. Enfin, les aurores radieuses,
l'aube vermeille, le soleil qui répand ses splen-
deurs, fait s'évanouir tous les bruits et dissipe
toutes les terreurs.

Et la physionomie de la dame pâle s'exaltait,
mais la blonde comtesse n'écoutait plus; on venait
de servir la dinde truffée.

Elle dévorait sans lever les yeux, seulement, de
temps en temps elle mouillait ses lèvres dans une

coupe de montebello frappé, mais elle revenait
avec plus de conviction au clos-vougeot, s'interrompant encore pour suivre avec inquiétude les
démarches du maître d'hôtel qui portait le plat
d'argent. Je fis un signe ; après quelques minauderies — elle était gentille à croquer, mais très-
sérieuse — elle retrancha son assiette derrière
tous ses verres échelonnés et la couvrit littérale-
ment de truffes en disant : « Je les aurais mieux
aimées à la serviette. »

Puis vinrent les asperges aux petits pois, —
les cèpes à la bordelaise. — Elle rappela son séjour
à Bordeaux, s'attendrit en parlant des *Royans,* et
me conseilla de m'arrêter à l'Hôtel de la Poste à
mon prochain voyage, uniquement pour manger
des cèpes. « Allez-y de ma part, dit-elle, vous de-
manderez Victor. » Elle continua sans sourciller.
— Gelée aux pommes, — **Montmorency.** — Puis
vint le dessert. « Je ne suis pas la femme du dessert, un camembert bien fondant, un quartier de

calville, et tout est dit ; mais par exemple, je ne
sais pas me passer de café, et Marcy a une eau-
de-vie de 1816 que je vous recommande. C'est
incroyable ! à la fois douce et tonique, moelleuse
et fortifiante. Quant à ces *jerez*, ces *marsala*, ces
pajarète qu'on nous a servis pendant le diner, je
ne saurais m'y faire. Il n'y a que les vins rouges.»
Et sa voix caressait toujours.

On se leva de table ; je lui offris mon bras et elle
vint s'installer dans un petit fauteuil très-bas, assez
près du feu, dans le boudoir où le café était pré-
paré. Elle parla peu, se recueillit, prit son café
lentement, en sirotant à petits coups un verre de
ce chef-d'œuvre de 1816. De temps en temps elle
laissait échapper des exclamations admiratives. Un
instant après elle semblait sommeiller comme une
chatte blanche ou suivre une chimère capricieuse.
Mais je crois qu'elle dormait.

Il était dix heures ; le grand salon se remplissait
de monde et je cherchais mon chapeau quand

Mme Marcy me coupa la retraite en me disant obligeamment : « Allons, mon cher, ne faites donc
pas l'enfant, nous sommes entre nous, tout le
monde sait bien que vous vivez sur une branche et
qu'on ne met pas de cravates blanches dans les
arbres. — J'étais bloqué, je cherchais des yeux la
dame d'*Avez-vous vu dans Barcelone*, pour lui
chanter le second couplet de *l'Arabe et son coursier*, mais elle tenait le docteur et ne le lâchait
point.

A onze heures, on passait des glaces pour les
nouveaux venus; la blonde comtesse en prit une,
mais elle la posa sur la cheminée après l'avoir à
peine entamée, puis me pria simplement de lui
choisir une pistache. — Elle adorait la pistache !
— Je ne sourcillai point, mais je commençais à
avoir l'air inquiet.

A minuit, Marcy vint chercher les dames pour
prendre une tasse de thé, la comtesse ne se le fit
pas dire deux fois. Ce n'était pas un thé, c'était un

guet-apens ; on entama le pâté de foie gras, un jambon d'York, et on déboucha du bordeaux. J'étais caché derrière la portière du salon, j'avais peur d'intimider la blonde comtesse ; c'était un cœur sans détours, elle s'installa confortablement, étendit la main pour attaquer le foie gras : Je ne la gênais nullement.

Le docteur vint marivauder près d'elle en regardant ses épaules avec une attention soutenue, et je l'entendis demander à ma jolie blonde des nouvelles de sa gastralgie.

Elle se retourna placidement et répondit de sa voix douce : « Je vais un peu mieux, docteur, mais je suis encore bien souffrante. »

LE MOIS DE MARIE

LE MOIS DE MARIE

A MADEMOISELLE BLANCHE DE VILESNE

Château de Lorey (Eure).

Je te suis, ma chère Blanche, lancée dans les
fêtes et les perpétuelles distractions, et je suis
heureuse de te voir accepter avec tant de résigna-
tion cette vie de province que tu craignais un peu
et qui me semble plus agitée que la nôtre. Mais tu

7.

ne me parles point de l'état de ton âme, et je ne
sens pas dans tes lettres le recueillement que j'y
cherche ; tu n'écoutes donc jamais la voix d'en
haut, ma chérie? Arrête-toi un instant au bord de
ce gouffre, et considère le peu que nous sommes ;
une minute encore et nous avons vécu !

Tu sais si j'ai aimé le monde, ses pompes et ses
œuvres ; j'ai comme tant d'autres sacrifié à ses
futiles entraînements, mais désormais j'ai reconnu
le néant de cette agitation sans but, et je pense à
mon salut.

Oui, chaque soir, depuis bientôt un mois, nous
revenons du bois vers six heures, et ma-mère a fait
avancer le moment du dîner pour arriver des premières au mois de Marie.

Nous sommes très-assidues, je trouve une
certaine ivresse dans ce retour quotidien d'une
douce émotion religieuse. Nous connaissons déjà
nos voisines de chaises et nous nous saluons ; ma
mère les invitera à la Butte-aux-Chênes, et on a

déjà arrangé de se retrouver à Trouville à la fin
d'août.

Vois-tu, chez nous, ces instructions ne se passent point en famille comme dans les autres pa-
roisses. On déploie une certaine pompe qui sied
à la majesté de ce que M. de Virieux, le dernier
des bardes, appelle constamment « la vieille basi-
lique. » Du reste, mon enfant, tout cela ne change
pas tant que tu pourrais le croire, et cette reclusion
religieuse que je m'impose volontairement n'a rien
de bien ascétique : nous retrouvons à la sortie les
figures que nous voyions tout l'hiver à l'Opéra ou
aux Italiens ; ce sont les mêmes voitures et les
mêmes valets de pied portant des pelisses : avec
un peu de bonne volonté on pourrait se croire
autre part qu'au saint lieu. Mais nous, pendant que
la foule bruyante s'écoule et court vers les
promenades, nous allons, si la nuit est belle, mé-
diter un peu sous les grands arbres du bois. Paul
a l'ordre d'éviter les allées trop fréquentées, et

couchée dans un c in de la calèche, je repasse les paroles du prédicateur.

Ces instructions sont vraiment très-suivies, c'est un succès, ma chère, l'affluence est énorme ; les hommes sont d'un côté, à droite de l'autel, les femmes occupent la gauche. Souvent Sa Grandeur vient prendre place au banc d'œuvre, suivie des chanoines portant tous des croix suspendues en sautoir à un ruban blanc et bleu, comme le Charles III de notre oncle. Des dominicains, la tête rasée, sont mêlés à la foule, ce vêtement blanc, cette tonsure, ces faces émaciées prennent un caractère d'ascétisme qui me touche infiniment, et je t'assure que désormais je n'éprouve pas la moindre terreur en songeant à ces saintes filles ensevelies dans l'ombre des cloîtres et agenouillées sur les dalles des cryptes.

L'abbé Maret est, dit-on, un théologien très-distingué : il est de haute taille, la tête est ronde, les traits sont volontaires et les yeux sont voilés par l'ombre portée des sourcils très-saillants. Si tu veux trouver un équivalent mondain, pense à M. Edouard que Maxime ne rencontre plus sans lui dire : « Frère, il faut mourir ! » Oh ! l'abbé est très-bien, si tu voyais sa main, ma chère, et l'oreille bien attachée, spirituelle !... Je suis sûre que cet homme-là est très-bien né et qu'il a dû prendre l'habit par chagrin d'amour

Je ne sais pas comment cela se fait, mais il arrive toujours à sa chaire par des voies cachées, comme la Providence ; je ne l'ai point encore vu traverser l'église, et quand je relève la tête, je le vois prosterné dans l'un des angles, tourné vers le maître-autel et abimé dans le recueillement.

J'ai peine à suivre ses brillantes improvisations, qui sont plutôt faites pour les esprits sérieux et préparés que pour des âmes naïves comme les nôtres, qui ne demandent pas mieux que d'aimer de toutes leurs forces et sans discussion.

L'abbé débute lentement, il parle à voix basse,

les yeux presque fermés et les deux mains ap-
puyées sur le rebord de la chaire ; mais bientôt il
s'anime, sa voix s'échauffe et se développe, son
geste, sobre d'abord, devient ample et majestueux,
il est vraiment très-beau et très comme il faut.
Hier il a parlé du dieu des déistes, j'ai pris des
notes, je faisais tout ce que je pouvais pour suivre,
mais c'est vraiment un peu difficile ; on a beau
faire des nœuds à son mouchoir, c'est une éducation à recommencer. Tu comprends, ma chère
petite, on parle de tout là-dedans, c'est très-com-
pliqué, mais c'est très-fort ; cela me fait penser
aux lettres de Mme Swetchine, que sa fille adop-
tive, celle que tu trouvais si ennuyeuse, voulait
nous faire lire et dont nous n'avons jamais pu
digérer cinq pages. Hegel, sainte Thérèse, le Sty-
lite, l'Aréopagite, saint Grégoire de Nazianze et
saint Augustin reviennent constamment sur ses
lèvres. Je ne saisis pas bien, mais je me sauve par
une foi aveugle. Je veux croire et je crois.

C'est comme dans la sonate en *la* de Beetho-
ven, celle dédiée à Kreutzer, cela débute par un
adorable motif, puis la pensée gravit des hauteurs
inaccessibles et je me noie. On a beau se cram-
ponner pour suivre avec toute sa pensée, il faudrait éteindre jusqu'à la lampe du sanctuaire ou
fermer les yeux, car il y a de ces choses qui vous
font perdre le fil ; ainsi hier, en face de moi, je
voyais un chapeau noir à quadrille de jais, sans
bavolet, un de ces chapeaux qui lèvent franchè-
ment le masque, une vraie fanchon avec des brides
et un gros nœud de gaze mauve dont les bouts
retombaient jusqu'au milieu du dos. C'était vraiment très-joli ; je n'ai pas pu, malgré mon attention, voir comment s'attachait la passe ; mais demain je regarderai mieux encore et je le saurai.

Le dieu des déistes, selon ce que j'ai compris,
est un dieu impalpable qui réside dans la nature
entière, je t'assure que l'abbé Marel l'a bien arrangé,
ce dieu-là ; M. Renan a eu aussi son paquet, et je

t'assure que c'était très-touchant. J'ai senti des
torrents de grâce inonder mon âme quand, ferment mes yeux et ma pensée à toute idée mon-
daine, j'ai entendu l'abbé évoquer ces jours d'innocence où il approcha pour la première fois de
l'autel. Je suis revenue à mes premiers beaux jours,
j'ai cru avec ferveur à tous les mystères, à tous
les miracles ; j'ai gravi l'échelle de Jacob, j'ai vu
les anges éclatants de lumière ; je me suis age-
nouillée devant la crèche, le bœuf mystique ré-
chauffait de ses naseaux l'enfant blond couché
dans l'humble étable, et au son des trompettes des
archanges le plafond s'est entr'ouvert, les chants
des saints anges sont parvenus à mes oreilles.

Appelle-moi exaltée tant que tu voudras, là est
la vérité et je m'y cramponne, et puis comment
résister à toutes ces séductions mystiques, une
atmosphère particulière à ces fêtes religieuses, les
fleurs dédiées à Marie, les lumières, l'encens et la
musique par-dessus tout cela ? Le demi-jour mys-

térieux, le silence profond rompu tout à coup par les chants qui alternent avec le tonnerre des orgues, quelque chose d'indécis, de désordonné, une espèce d'agitation prophétique qui ressemble aux aspirations d'un cœur plein de l'infini, tout cela m'émeut profondément, et je ne veux plus désormais d'autres émotions que celles-là.

Oh ! la musique sacrée, quel monde de sensations ! Parfois la mélodie jaillit comme une gerbe lumineuse dans un ciel sombre, et l'âme du musicien vole sur les ailes des notes passionnées, puis tout à coup, des improvisations graves et recueillies se dégage un souvenir précis et clair, une réminiscence de *Moïse* ou de *Norma*. — Tu sais, le finale *Qual cor perdisti !* — Et je vois passer devant mes yeux les lustres étoilés, les épaules nues, les diamants qui scintillent, les éventails qui s'agitent, je sens l'air chaud des salles de théâtre et je renais au monde. — Je comprends maintenant : voilà ce que la religion appelle les pompes et les œuvres, je veux combattre, pauvre pécheresse que je suis; je veux échapper à toutes ces fascinations et me cloîtrer dans la prière; tiens! je voudrais savoir le latin — *Adoremus in æternum!*

Voilà, ma chère Blanche, le grand événement de ma vie, la grâce m'a touchée un beau soir, quand j'écoutais recueillie les pieuses instructions de l'abbé Maret. Aussi désormais tout est changé pour moi; adieu les bals et les concerts, ma vie s'écoule dans la retraite, mes yeux sont tournés vers l'infini, j'ai des aspirations vers une vie meilleure, et toutes les joies mondaines me laissent indifférente.

Nous sortons à cheval de très-grand matin, à sept heures, nous allons par le parc aux Princes jusqu'au champ de courses, où la voiture nous attend; Maxime nous accompagne presque toujours, mais je le fuis un peu parce qu'il ne m'appelle plus que *la sœur Marguerite*. Tu sais qu'on a absolument

renoncé à tout ce qui n'est pas le chapeau noir avec
le grand voile. *Tudors, sombreros*, feutres, *dud-
leys*, tout cela est décidément abandonné; c'est
bien plus incommode, mais c'est plus comme il
faut. On commence à porter les corsages d'amazone
boutonnant, en plastron à revers comme dans la
garde, avec des aiguillettes et brandebourgs ; c'est
très-joli, mais c'est un peu agaçant parce que ça
ballotte.

Adieu, chère mignonne, fais de temps en temps
quelque bonne lecture et rentre quelquefois en
toi-même. Tu le verras, un jour viendra, qui n'est
pas loin, où tu te jetteras dans les bras de la religion comme je le fais, c'est un refuge qui ne saurait manquer à nos jeunes âmes déjà éprouvées.
— Il paraît que Maxime est pressé ; il parle tout
bas à ma mère, on a de graves conférences, mais
mon parti est pris et je ne veux pas entendre parler
mariage : le divin époux m'a parlé.

J'oubliais de te dire que ces dames m'ont gracieusement offert d'être membre du petit *club des pâtés aux huîtres,* c'est très-gentil de leur part, d'autant plus que Mlle de Grandpont a été blak boulée la semaine dernière. Nous sommes toutes très-décidées à éloigner les *cocodètes,* et avec un peu d'entente on y arrivera.

Adieu, ma bonne chérie ; je brode une jolie guipure pour le maître-autel de votre chapelle de Lorey, j'espère te la porter moi-même le jeudi de la Fête-Dieu ; je veux me recueillir un instant dans cet humble asile de la paix dont la modestie devra plaire à mon âme désormais détachée des vanités mondaines.

Je t'embrasse et je t'aime,

MARGUERITE.

FRAICHEMENT DÉCORÉ

FRAICHEMENT DÉCORÉ

Ma chère Blanche,

Votre mère me permettra de vous transmettre directement la bonne nouvelle; si nous n'étions pas si loin l'un de l'autre, j'aurais déjà fait seller Scalpin, et brûlé la grande route pour venir vous l'annoncer moi-même.

Je suis décoré! l'Empereur m'a lui-même remis les insignes aujourd'hui même à la revue de Satory.

Je tremblais comme un enfant, je suis resté cinq
minutes au port d'arme, quoique Sa Majesté fût
devant le peloton des officiers, qui tous saluaient
de l'épée. Ce n'est pas de la joie, c'est du paroxysme,
et de temps en temps, même en vous écrivant, ma
chère Blanche, je tâte dans la poche de mon pan-
talon ma croix de la Légion d'honneur, pour m'assurer que tout ceci n'est point un rêve. Pauvre
M. de Vilesne, comme il aurait été heureux de mon
bonheur, lui qui m'aimait tant et qui vous répétait
à tout propos : nous avons le temps, nous avons le
temps, ton officier n'est pas même décoré! Pauvre
cher comte !

Laissez-moi maintenant vous conter tout au long
cette bonne journée, si impatiemment attendue depuis notre retour du Mexique.

Depuis le matin, nos ordonnances astiquaient, et,
comme nous disons dans la batterie, tout le monde
était sur le pont. A deux heures, l'artillerie de la
garde et les quatre régiments de lanciers en gar-

nison à Versailles étaient disposés sur plusieurs lignes de bataille, attendant l'Empereur annoncé pour trois heures. — Nous étions superbes! — Le gros colonel Brimond, votre amoureux, était radieux; je vous assure que nous avions tous bonne mine dans notre grande tenue.

En gravissant la montée de Satory, nous avions dépassé les chevaux de main qui attendaient le groupe impérial, venu de Saint-Cloud en voiture A trois heures, heure militaire, l'Empereur fit son entrée à Satory, accompagné de l'Impératrice, de quelques belles dames et d'un nombreux état-major. Le maréchal Regnault de Saint-Jean d'Angely se porta au-devant de Leurs Majestés, qui parcoururent au galop le front des troupes. La discipline militaire n'interdit pas au soldat français de regarder les amazones, et je reconnus au passage Mmes de Lourmel, de Renneval et de Labédoyère; elles portaient l'amazone à l'anglaise avec le chapeau noir; toutes les trois maniaient avec grâce de très-jolis chevaux coquettement harnachés.

Après avoir donné un coup d'œil à tout le champ de manœuvre, l'état-major général se dirigea sur nous, et nous entendîmes l'Impératrice dire à ses dames d'honneur : «Allons voir les Mexicains! » Elle se dirigea en effet vers notre batterie, et s'arrêta longuement devant les fanions pris à Puebla, en janvier et février de cette année. Nos canonniers, inspectés par de jolies femmes, toutes maréchales pour le moins, ne bougeaient pas plus que des termes, mais ils perdirent contenance quand Sa Majesté, s'approchant d'eux, leur adressa la parole en espagnol. Abrutis par cette bonne fortune, ils ne trouvèrent plus que des mots entre-coupés, mêlant à un espagnol de haute fantaisie quelques vagues souvenirs d'arabe et d'italien. Puis, les dames d'honneur voulurent voir de plus près les drapeaux mexicains, glorieux trophées dont l'aspect n'a rien de vénérable. Pendant ce temps-là, les officiers d'état-major traversaient à

toute bride le champ de manœuvre, et tout se
préparait pour donner aux habitants de Versailles
et aux belles dames venues là le spectacle d'une
petite guerre.

Bientôt toutes les masses d'artillerie et de cavalerie s'ébranlent au commandement des généraux
de Rocheboït et d'Allonville. Je n'avais pas le cœur
à la manœuvre, ma chère Blanche, et vingt fois
en faisant une conversion je faillis rouler avec mon
cheval sous les roues des caissons. Figurez-vous
ces milliers de petites flammes tricolores qui flot-
tent au bout des lances, les cris de commandement,
la fumée, le grondement du canon, les caissons
qui roulent sur un terrain sec, les chevaux qui, à
chaque détonation, secouent la tête et dressent
les oreilles; un cheval en liberté qui s'est débar-
rassé de son cavalier et traverse le champ de manœuvre; la poussière, les cris, que sais-je? Quel
contraste avec le calme qui règne autour de vous!

Le moment décisif approchait, les manœuvres

cessent, nous nous reformons, et bientôt un officier
d'état-major s'avance vers notre batterie et demande le capitaine N....... Je voyais rouge, mes
camarades me poussent et je pars accompagné de
mon ordonnance. Nous mettons pied à terre devant l'état-major général, une dizaine d'officiers de
toutes armes étaient déjà formés sur un rang,
derrière eux, à cheval, les officiers supérieurs des
régiments.

Vous comprenez, ma chère Blanche, qu'on sait
toujours son sort d'avance et que je n'ignorais pas
ce qui m'attendait puisque j'étais porté; mais c'est
égal, à partir de ce moment je ne vis plus rien; je
sais que l'Empereur était à dix pas de nous, que le
général Rollin, à cheval tout près de moi, appelait
en lisant sur une liste le nom des officiers. Ce fut
d'abord un général de brigade, M. de Favas, qui
reçut de la main de l'Empereur la plaque de grand-
officier, puis vinrent des croix de commandeurs et
d'officiers pour nos colonels et chefs d'escadron;

enfin, j'entendis appeler mon nom, je m'avançai
et reçus à mon tour cette chère croix, qui devait,
au dire du comte de Vilesne, me mériter votre
main. Vous ne savez pas, ma chère Blanche, ce
qu'est pour nous ce petit bout de ruban rouge que
vous regardez comme le complément d'une toilette
soignée. Pour moi, au moment où l'Empereur m'a
mis dans la main ce morceau d'argent découpé,
j'étais un peu ému, et j'avais de vagues envies de
crier : « Vive la France ! » Mon excellent ami, le
comte de M.....t, l'écuyer de Sa Majesté, votre
valseur de l'hiver dernier, qui debout auprès de
l'Empereur portait dans une boîte les croix qui
devaient être distribuées, ne put s'empêcher de
me rire au nez ; je ne l'ai même pas reconnu. J'ai
pleuré comme un enfant, je tremble encore en vous
écrivant ; je suis heureux, je vous aime, vive la
France ! et foin du respect humain ; vive aussi
l'artillerie de la Garde !

On promène dans le cercle la boîte qui doit re-

cevoir les lettres pour le courrier. Laissez-moi encore, ma chère Blanche, vous raconter mes enfantillages. Hier, quand le colonel Brimond m'a dit que j'avais mon affaire, j'avais déjà acheté mon ruban rouge, et je l'ai essayé devant la glace pendant un bon moment. J'ai fait un petit nœud galant, imperceptible, comme les diplomates et les artistes; je l'ai mis en liseré comme les chefs de division, en gros tapon rouge comme les anciens troupiers, et enfin dans le fond de ma commode bien caché dans un livre, car je pensais à la déception qui m'attendait si le colonel était mal renseigné.

En rentrant au quartier après la revue, j'ai à peine pris le temps de descendre de cheval pour vous écrire.

J'ai encore mon harnais de grande tenue, je choisis un petit salon écarté, et ce papier, marqué d'une couronne impériale surmontant deux canons, vous dit que je trace ces lignes à la *mess* de la garde, pendant que mes amis commentent les différents épisodes de la revue que vient de passer l'Empereur.

Vous recevrez cette lettre vers midi, au moment où, sortant de table, la comtesse prend des mains du vieux Georges la petite corbeille contenant les croûtes destinées au déjeuner des carpes.

Je vois d'ici Mme de Vilesne, — j'allais dire ma belle-mère, — elle porte un de ces grands peignoirs Watteau demi-queue qui fait un si joli bruit en balayant les feuilles sèches ; elle s'engage sous les allées du parc, traverse le petit pont, vide dans la petite rivière le pain que le courant entraîne et va porter, consciencieusement détrempé et à point pour la digestion, jusque dans la grande pièce d'eau où sont déjà réunies les carpes lentes et belles, les truites mélancoliques et les juènes insolents.

Mme de Vilesne s'assied sur le banc de la Kalbrett et assiste paisible à ces ébats : les gros poissons arrivent lentement, lèvent la tête au-dessus de l'eau et engouffrent les appâts qui sur-

nagent, le menu fretin se précipite et manque sa
proie, spectacle sans péripéties qui vous a suffi
pendant toute une saison. — Vous vous asseyez
près de votre mère et commencez ma lettre qui,
je l'espère, fait du tort aux carpes.

Quelle jolie petite grimace vous feriez, ma chère
Blanche, si vous vous trouviez transportée au milieu de tous ces charmants mauvais sujets qui fu-
ment comme des Allemands, boivent comme des
artilleurs et jasent comme des pensionnaires! —
Je vous assure qu'ils sont très-bien sous cet élégant uniforme noir et or que vous aimiez tant et
que vous me forciez de revêtir chaque fois que nous
allions aux bals des environs. Vous avez toujours
prétendu que la fumée de mes innocentes cigarettes
s'imprégnait dans vos jolis cheveux blonds et leur
communiquait une odeur indélébile de tabagie.
Quelle adorable petite moue vous feriez, vous qui
choisissiez toujours une place contre le vent dans
la calèche, pour échapper à mes bouffées, que votre

mère supporte avec une douceur évangélique ; elle qui me passe plus que vous, méchante, les vices d'un artilleur, auquel pourtant vous allez unir votre sort.

Votre mère sera heureuse, je n'en doute pas, de me voir si joyeux, plus heureuse que vous, mademoiselle, que j'accuse de froideur à mon endroit.

— Allons ! ma lettre est finie, et je n'espère pas que vous la relirez. Mettez vos gants, prenez votre sécateur et coupez les dernières roses de votre petit parterre, pendant que Mme de Vilesne va disposer les grandes potiches et faire des bouquets de chrysanthèmes pour mettre sur le guéridon du salon. Demain matin, quand M. de Bédarieux vous apportera le *Moniteur*, faites semblant d'être surprise : il faut laisser aux receveurs généraux le bénéfice de leurs bonnes intentions.

Cette fois au moins je pourrai m'éloigner de Paris et prendre un congé sérieux. — Le chevalier vous baise la main, mademoiselle, et vous prie d'agréer l'offre de son amoureux servage.

9.

LE DIMANCHE

D'UN CÉLIBATAIRE

LE DIMANCHE D'UN CÉLIBATAIRE

SCÈNE D'AUTOMNE

C'est déjà l'automne. Son ami intime, compagnon de tous ses plaisirs, vagabonde du côté de Nice ou de Monaco, M. et Mme de Flavicourt se sont attardés à Arcachon (et le dimanche d'hiver a toujours été consacré depuis deux ans à madame), les Moyencourt sont à Bousy-le-Château, les de Barcy à Villecresne, les Brennepont ont la manie de chasser à courre, on ne peut plus en jouir à l'au-

tomne... Enfin, le célibataire est seul à Paris; —
il s'ennuie.

C'est dimanche, le soleil brille. Une jolie petite
gelée blanche, mignonne comme une couche de
poudre de riz, couvre les toits des remises de la
cour; mais le ciel est bleu et le célibataire ne pas-
sera certainement pas cette journée à Paris; il veut,
à tout prix, faire *quelque chose* ce dimanche.

Il y a bien les Brézinville à Saint-Germain, c'est
commode, quarante-cinq minutes de chemin de fer,
mais il y a trop d'enfants, et entre nous, le vieux
garde du corps n'est plus possible, — toujours
M. de Bombelles et Mme de Guinguené, c'est as-
sommant; — décidément non, non, non, je n'irai
pas chez le vieil écuyer cavalcadour! — Si j'allais
à Orgeval voir la comtesse? — Eh! eh! c'est une
idée; mais sa belle-sœur sera là, et je pourrai
passer un vilain quart d'heure. — Oh! pas épicu-
rienne du tout, la belle-sœur, et sentimentale comme
les romances de cet infortuné comte d'Adhémar.

— Six bons mois, s'il vous plaît, — c'est un bail, et si elle avait été raisonnable...

.,. Enfin, voilà tout; j'irai à Orsay, chez Bertinot; bonne table, bon gîte, femme un peu mûre mais aimable, et pas de belle-sœur... — Il n'y a encore que Lubin pour l'eau de toilette, — tiens, un cheveux gris, deux cheveux gris, trois cheveux gris; — tout cela ne veut rien dire, d'abord, — le comte en a beaucoup, et entre nous, je suis son cadet. — Tout bien considéré, j'irai à la Butte-aux-Chênes; — c'est une expédition, je le sais bien, il faut prendre des revolvers et armer une chaise de poste; mais je n'y suis pas allé de la saison. La baronne revient en décembre, elle ouvre ses salons le 1er, et c'est bien le moins que je sois poli. — Tiens, et Bertinot, ah! ce bon Bertinot! ma foi, tant pis, il m'aime tant, j'irai une autre fois. — Va pour la Butte-aux-Chênes.

Le célibataire choisit une belle cravate bleue, un gilet immaculé, donne campo a son valet de chambre, avale une tasse de chocolat, griffonne deux billets du matin, et descend le cœur léger et très en train.

L'air est vif; il arpente les rues en lorgnant les demoiselles de magasin. — Quel drôle de monde dans les rues! décidément Paris est impossible avant décembre.

Il arrive à la gare de l'Ouest, prend son billet pour Versailles; Mlle Rosalie, la buraliste, est dans son coup-de-feu; il ramasse sa monnaie avec dextérité et s'éloigne en vainqueur. — Son voisin ôte son gant, laisse tomber son paquet et rouler ses gros sous. — Mais, presse-toi donc, petit père, — je te dis que nous allons manquer le train. — (Mlle *Rosalie toujours aimable*) : — Allons, à un autre. — Quel empoté vous faites... on ne met pas de gants quand on est si maladroit.

Le célibataire choisit son compartiment; c'est peuple comme tout; le dimanche est insupportable, et toutes les premières sont pleines; on

mettra peut-être un wagon de supplément, l'heure
avance, il faut bien se résoudre à monter ; enfin,
au petit bonheur !...— Si je descendais pourtant ?
il n'y a que des corroyeurs et des horlogères dans
ce train-là ! Enfin, pour trois quarts d'heure, on
n'en meurt pas ; — si encore j'avais le coin !

(*Un enfant se penche à la portière*). — Léon, je
te défends de te pencher. — M'man, je veux voir
le souterrain ! — Empêche donc ton fils, il est
insupportable, tu ne sais donc pas ce qui est arrivé
aux Robineau ? — *La maman.* — C'est drôle, dès
que je sors, j'ai des faims !... — Nous mangerons à
Ville-d'Avray, —à moins que nous ne descendions
à Nanterre, pour acheter des gâteaux. — Mais petit
père, Nanterre, c'est pas ici.

Le célibataire maudit le dimanche ; peu à peu,
le wagon se vide. Les bourgeois, leurs femmes et
leurs petits se répandent dans les bois de Ville-
d'Avray, Sèvres, Chaville et Viroflay.

Il arrive à Versailles et frète une voiture pour la

10

Butte-aux-Chênes. Le cocher n'aime pas bien ça, dix kilomètres et des côtes, mais le bourgeois a l'air d'un bon vivant, et il n'y a pas comme les Parisiens pour le pourboire, quand on les mène rondement.

Versailles, le dimanche, essaye de prendre un air de fête. Sous prétexte des grandes eaux, ses rues s'animent un peu, les gares vomissent des flots bariolés, on passe devant le château et les quartiers de cavalerie. C'est le point populeux, mais bientôt on s'éloigne du centre, la voiture passe devant les potagers du château; la rue est absolument déserte, à droite et à gauche s'élèvent quelques hôtels habités par des familles historiques, portant au fronton de gros écussons sculptés.

A la grille de Satory commence une longue pente qui ne cesse qu'au champ de manœuvre; le cocher descend de son siége, il s'enhardit et lie conversation.

« Joli temps, monsieur, ça ne vaut rien pour nous

qui comptons sur le dimanche, le bourgeois va à
pied; il y a bien les Anglais pendant la semaine,
mais cela marche à l'heure ces gens-là; ils disent,
comme ça, que ça leur fait du bien. Monsieur va à
la Butte-aux-Chênes, une crâne propriété, tout de
même; c'est propret, c'est mignon, il n'y a pas
comme madame pour vous tenir un jardin. Et des
fleurs comme s'il en pleuvait, et bonne, madame !
C'est ça qui s'appelle une femme, jamais ça ne
laisserait un cocher mener un bourgeois sans qu'on
le mène se rafraîchir à l'office. Et des enfants! des
amours quoi, ça roucoule comme des tourtereaux. »

Ici la route redevient plane, on coupe la vaste
plaine de Satory où les gardes forestiers font la
récolte armés de grandes gaules; les chiens accou-
plés se reposent en dormant au pied des arbres;
de temps en temps, un fruit qui tombe les arrache au sommeil; quelques pantalons rouges
éclatent dans la plaine, et des enfants jouent au roi
détrôné sur les buttes du polygone.

La route continue à travers un petit bois très-
frais ; on s'engage dans une vallée, à droite et à
gauche, à travers des éclaircies de jeunes taillis,
dans des bas-fonds très-verdoyants, on aperçoit des
fabriques de tan et des clochers qui surgissent.
Enfin, après une heure et demie de marche dans
un pays charmant et pittoresque, de plaine en vallons, de vallons en bosquets, on découvre la Butte-
aux-Chênes, un château d'allure charmante, joli-
ment situé au sommet d'une petite colline, formant
le premier plan d'un village, dont il n'est séparé
que par la route et des champs en culture.

C'est un nid d'amoureux, un coin d'artiste et de
poëte. Trois belles dames, en fraîche toilette de
campagne, attendent sur le perron l'arrivée du
célibataire qu'on a signalé de loin ; depuis quelques
moments on entend le galop d'un cheval qui doit
suivre la voiture à peu de distance. — Le cavalier
a rejoint le locatis et fait son entrée à la Butte.
Fringant cavalier, belle monture, c'est quelque

officier de la garnison de Versailles qui vient rendre ses devoirs aux hôtes de la Butte-aux-Chênes.

Ces dames ont fait un brin de toilette pour recevoir les visites ; on se serre les mains, on s'accueille avec toute sorte de minauderies ; la mère est charmante, la jeune femme, sa fille, est mise à ravir, et l'amie, que le célibataire ne connaît pas, est tout simplement une très-jolie femme.

La présentation est vite faite : — Mon amie, Mme de Stravaloff, que nous avons rencontrée en Italie ! — M. P..., le plus endurci des Parisiens, et le commandant Vincenot, de la garde impériale, qui veut bien, trois fois par semaine, courir les grandes routes ventre à terre pour venir nous tenir compagnie. — Mon mari est très-souffrant ; mon fils est un Nemrod, vous savez qu'il ne faut plus compter sur lui depuis l'ouverture, et il attend avec une impatience fébrile l'arrivée des bécassines, — mais vous avez du bonheur, mon cher P..., sa femme nous reste ; ne regardez pas ses jolis che-

veux comme un inquisiteur, cette profusion vous
inspire des doutes; on vous prouvera, saint Thomas
que vous êtes, que votre scepticisme n'est pas de
saison ici.

Le célibataire est un peu transi; il prend un air
de feu, croque un biscuit et avale un verre de Marsala. On fait un tour de parc; l'étrangère l'intrigue,
il ne connaît qu'elle; l'a-t-il rencontrée au Monte-
Pincio, à Lichtenthal, ou à l'ambassade anglaise?
A-t-il croisé sa voiture autour du lac, son drosky
sur la perspective de Newsky, ou senti sa taille
plier dans ses bras *comme un roseau*, en valsant
avec elle à la Conversation?

On admire cette belle ordonnance du parc, les
jolis chiens de faïence que madame, qui adore les
bibelots et raffole des Saxe, a trouvés dans un
château des environs; on visite la serre, le potager,
la bibliothèque; on va serrer la main du malade
auquel on apporte le *Moniteur* du matin. Il se
trouve qu'on a des amis communs avec le com-

mandant, qui était en Syrie au moment où on faisait partie du corps diplomatique.

Le célibataire est ravi ; il trouve tout charmant ;
les chambres d'amis, perse bleue, toilette de Delfte
rassortie patiemment par une femme de goût qui
a fait cent stations aux commissaires-priseurs pour
trouver une pièce qui lui manquait. Il veut tout
voir : la basse-cour, les remises, les cuisines et la
petite Suisse avec les vaches bretonnes, et la laitière qui parle un français vague.

Les chevaux hennissent devant le perron ; ils secouent la tête en faisant tinter leurs grelots et sau-
tiller leurs queues de renard. On a résolu de faire
une excursion dans la vallée : on grimpera aux
ruines, on déchiffrera les inscriptions des pierres
tombales, on visitera les châteaux des environs.
On part, on est parti, on s'engage dans des petites
routes charmantes ; les paysans vous saluent avec
bonhommie, demandant des nouvelles de la petite,
un amour de bébé blanc et rose qu'on a laissé

couché dans une bercelonnette ; les bois, les prés,
les vallons, les collines défilent, et la dame russe
est positivement charmante avec les *déjà* et les *donc*
qu'elle sème dans la conversation comme des
marguerites dans un bouquet. Cela n'a pas de
raison d'être, mais je vous assure que c'est très-
gentil.

Voici les ruines, un vieux château démantelé
auquel on n'accorderait pas un regard sur les bords
du Rhin, mais qu'on admire avec conviction parce
qu'on est avec de jolies femmes et que le soleil vous
enveloppe de ses chauds rayons.

Premier château — appartient à M..., un monsieur grincheux, qui fusille les étrangers à travers
sa grille gardée par des molosses ; madame a quelque affinité avec la nonne de Heidelberg ; elle est
exilée dans ses serres pendant l'hiver et on ne la
reçoit pas. Je vous dirai, entre nous, que le maire
n'y a pas passé, et dans la vallée, on est à cheval
sur les mœurs. Ce n'est de tous côtés que villas et

bastides, châteaux contemporains de Mme de Mont-
bazon et pavillons de chasse.

Deuxième château — appartient à un marquis
boudeur, qui vit cinq mois à Versailles et sept mois
aux Étangs-Sainte-Marie. On descend pour visiter
les serres; le marquis est très-fier de ses horten-
sias bleus, et fait bon accueil par ambassadeur.
C'est son jardinier qui reçoit. — Monsieur a des
melons jusqu'en octobre et des fraises jusqu'en
novembre; on fait une enquête sur l'exposition
des serres, qui, à la Butte-aux-Chênes, malgré les
soins, le terreau et les livres de jardinage que
Monsieur rapporte constamment de Paris, ne donnent pas de primeurs. Le boudeur a encore les
belles manières du beau temps, et le jardinier a
la consigne de ne jamais laisser partir les visiteurs sans leur offrir un bouquet. — La dame
russe, qui n'a qu'une vague notion de la culture
des plantes exotiques, casse une branche de mi-
mosa, met une brindille dans ses cheveux et se fait

un bouquet de corsage. — M. Jacques, le jardinier, fait la grimace. — Ces Russes sont étonnantes : « N'est-ce pas, c'est joli, donc ? »

On remonte en voiture ; on poussera jusqu'au beau château Louis XIII, quoiqu'il soit.déjà tard ; le soleil va se cacher, le ciel est inquiétant, on sort les châles et les couvertures ; le commandant, qui galope à la portière, maniant élégammént son cheval, prendra les devants. L'air est devenu froid, et les bas-fonds disparaissent déjà dans un léger brouillard, que percent de temps à autre les derniers rayons du soleil. Mais on arrivera encore assez à temps pour jouir de la vue qu'on découvre du haut du perron.

Troisième château. — Un financier très-parvenu, riche à millions, et qui meurt d'envie de voir sa fille comtesse : réceptions continuelles, beaucoup de bruit et de fracas, une élégance à outrance, un train considérable, une meute que les amis mettent sur le flanc. Les grilles sont ouvertes, les

domestiques sont en tenue ; c'est très-inquiétant ;
mais on a été vu, il n'y a pas moyen de reculer,
et le cheval du plus mondain des chefs d'escadron
est déjà tenu en main par un domestique, tandis
que l'écuyer cavalcadour cause sur la pelouse avec
des dames en robes blanches, qui ont revêtu, pour
se préserver du brouillard, des capes rouges d'un
très-joli effet.

Il y a gala au château, c'est désolant. Et ces dames
qui sont en toilette de bains de mer, avec les bottines
hautes, les jupes à tiret, le chapeau rond, décoré
de plumes de faisan ! Les convives sont en cravate
blanche : c'est la manie du financier. Une... deux...
trois... quatre... huit dames ; tous les environs sont
là ! — Restez à dîner, ce sera charmant. — Mais
vous n'y pensez pas, et mon pauvre mari qui est
souffrant. — Et mon cœur de mère, dit la jeune
femme ; Bébé m'attend. — On montera à cheval,
on préviendra ; nous danserons. — Mais j'oublie
de vous présenter M. P..., qui revient d'Orient

après trois ans d'absence ; la comtesse Stravaloff,
une vieille amie de trois mois.— Allons, commandant, le jour baisse, on sera inquiet. — Je vous
assure que c'est de la folie. — Charmant votre
nœud de ceinture, ma chère amie! — Il faut se
quitter, c'est triste au possible, mais franchement,
c'est inhumain ; mon pauvre malade! et d'ailleurs
M. P... tient à rentrer à Paris ce soir, et cela ferait
trop de peine au maître de la maison ; nous ferions
tache au milieu de vos fraîches toilettes.—Du courage! allons, embrassons-nous. — Voilà qui est
fait.

On accompagne les hôtes de la Butte-aux-Chênes
jusqu'à leurs voitures ; le soleil se couche; l'horizon
est en feu. Dans la plaine, un troupeau fuit au bruit
des grelots des chevaux, le berger et ses moutons,
baignés dans la poussière d'or qu'ils soulèvent dans

leur fuite, se détachent en fortes silhouettes sur le
disque enflammé ; la jolie Russe est rêveuse, la
jeune dame est un peu transie, et le commandant
ne papillonne plus à la portière. Le célibataire est
tout à la mélancolie, et son cœur a des crampes
d'estomac ; il flotte entre de vagues désirs d'une
passion moscovite et des appétits de faisans saisis à
point. Encore une côte et nous y voilà ! Déjà la
silhouette grise de la Butte se détache sur les
grands mélèzes qui l'entourent, et la Russe, qui
voit jusqu'au fond des cœurs, croit apercevoir
quelque chose de noir sur le perron à côté de quelque chose de blanc. On avance : c'est le curé du
village, qui, le dimanche, vient s'asseoir à la table
de famille, et le Bébé, qui tend vers sa jolie maman
ses petites mains roses, qu'il embrasse avec une
adorable gaucherie pour envoyer des baisers. Le
feu flambe dans la cheminée. Le jeune mari revient
de la chasse, transi et harassé. Après les étreintes
de rigueur, le célibataire s'étend dans un large

11

fauteuil, et se chauffe consciencieusement les
pieds ; enfin, un valet de pied annonce : — Madame
est servie ! Et l'amour qui va naître fait place dans
le cœur de l'épicurien de Paris aux appétits pro-
voqués par des senteurs de venaison et des exha-
laisons savoureuses.

TA FIANCÉE

TA FIANCÉE

A A. P. ALARCON

Crois-moi, ne tarde pas davantage, marie-toi,
cher poëte ; n'attends pas la princesse de Golconde !
Mais garde-toi pourtant d'une mésalliance : il y a
celle des mœurs et du rang et celle de l'esprit, plus
terrible encore et plus cruelle. Les femmes sont
souples ; sans doute, elles ont pour elles l'intuition
et la seconde vue, mais on n'improvise pas les
qualités qu'il te faut trouver réunies dans celle qui
sera ta femme. Vous êtes des êtres préoccupés, ab-

11.

sorbés, envahis, dominés par une pensée impérieuse qui s'empare de vous tout entier et vous
absorbe ; vous suivez sans relâche dans le ciel de
vos rêves un nuage blanc qui change constamment
de forme et finit par s'évaporer ; il vous faut
chaque jour une chimère nouvelle à caresser.

Vous êtes une race orgueilleuse, et vous avez
toutes les vanités ; il faut que tous ceux qui vous
entourent voient votre auréole et vous admirent
en vous aimant ; un cœur simple ne vous suffit
point ; vous vibrez à tous les vents ; vous êtes nerveux, inquiets, irritables ; vous souriez à la nature
ou vous maudissez son calme implacable, et vous
vivez en égoïste avec votre pensée.

Une mésalliance ! Quel exil et quel dur esclavage :
se voir rivé à un être doux et charmant, évangélique et pur qui ne verrait que ténèbres là où tu
verrais des rayons, qui ne comprendrait ni tes fiè-
vres, ni tes ardeurs, ni tes extases, ni les tristesses
profondes et tes ivresses lumineuses !

Peut-être soupçonnerait-il quelque aspiration vague, quelque secrète pensée longuement caressée, un but idéal et grandiose ; mais comment pourrait-il se douter du sentiment qui te courbe frémissant au pied d'un marbre et te fait écouter, la tête nue et la poitrine haletante, un vers inspiré qui chante dans ta mémoire ?

Cet être aimant et doucement résigné t'apporterait peut-être un bonheur égal, sans exaltation ; il croirait avoir rempli ton cœur, et sans y prendre garde il te ramènerait durement sur la terre quand tu aurais la tête dans les nuages. Les orages et les souffrances des sphères élevées ne peuvent être appréciés que par les nobles esprits qui les habitent.

On vous a trop dit que les femmes doivent jouir de vous comme on jouit d'un feu d'artifice et d'un ballet, d'un peu loin : si elles approchent, elles voient la charpente noircie, les ouvriers sordides qui courent d'une pièce à l'autre une torche à la

main ; elles touchent les pailettes, elles surprennent les machinistes brutaux et les décors éraillés.
Adieu les illusions brillantes : la danseuse est bos-
sue, mal jambée ; le prince a la voix rauque et sue
sous son fard. Détrompe-toi. Il y a, même pour
vous artistes, un bonheur conjugal qui ne vit pas
de qualités brillantes, mais qui se fonde sur la
vertu et l'amitié, sur l'estime et la douce confiance.

Non, vous n'êtes point maudits : le ciel en vous
marquant au front, ne vous a pas condamnés à vivre seuls et tristes, à n'avoir jamais auprès de vous
un cœur pour vous comprendre, une main pour
vous soutenir, un compagnon de route qui vous
aide à marcher jusqu'au bout du voyage, sans dés-
espérance et sans fatigue, sans tristesse et sans
découragement.

Il y a quelque part une femme qui t'attend et
qui va t'aimer, cherche-la avec confiance. Dans
chaque jeune fille, il y a deux femmes: l'une
guindée et habile à maîtriser ses élans et ses

sympathies, froide et réservée, à l'attitude sévère et
embarrassée, comme l'ont faite le monde et ses lois;
l'autre tout intime et charmante, pleine d'expan-
sion, prête à vibrer au moindre vent qui l'agite,
dont le cœur se gonfle au premier mot d'amour.
Le moment est venu : elle s'éprend d'une fleur ou
d'un chant d'oiseau, d'une harmonie ou d'un
paysage. Quand on fait goûter la vie à ce cœur de
vingt ans, il s'ouvre et fleurit tout d'un coup.
. Dès qu'elle aura mis sa main dans la tienne, la
jeune fille se fera femme ; elle était timide, elle
devient vaillante et forte ; elle ignorait que la vie
eût des combats, elle est tout armée pour la
lutte.

Désormais il y a près de toi un être qui va vivre
de ta vie, s'exalter de ta joie, saigner de tes douleurs, veillant à ton chevet, il en écartera les
songes fiévreux ; ton foyer ne sera plus vide, ton
âme ne sera plus triste, ta pensée sera plus saine
et plus robuste et tes chants s'élèveront plus larges

et plus purs; toi qui chantais dans la fièvre et qu'agitait le délire, tu vas célébrer la vie qui fermente et circule en tes veines comme un vin généreux et fort.

Si tu veux goûter encore des plaisirs âcres et énervants, arrête-toi, ne lis plus, tu es damné. Cours où ton inquiet désir t'appelle; mais si tout à coup dans ton cœur s'est fait un vide immense, si ta pensée un jour ne l'a plus rempli tout entier, si tu t'es senti envahi par une tristesse vague et sans cause à la vue des jeunes époux qui passaient au milieu de la foule sans la voir et sans l'entendre, si des enfants aux yeux profonds et songeurs ont longtemps arrêté tes regards, crois-moi, poursuis encore.

J'écris sans agitation et sans fièvre, dans la plénitude de ma raison; mais peu à peu le cœur bat plus vite, la main se presse, la moite sueur perle sur mon front, une exaltation légère mais impérieuse et dominatrice me transporte dans le monde des rêves et je vois, parmi la foule des blanches fiancées que des époux jeunes et forts mènent à l'autel, s'avancer celle qui t'attend.

———

Ce n'est pas une beauté triomphante et qui sonne la victoire, un précieux trésor qu'il faut cacher à tous les yeux et protéger contre tous les désirs; sa beauté est faite de douceur, de charme et de simplicité, c'est la beauté bonne. Un mot, une attitude, une pensée simplement exprimée te la révéleront sans peine et comme par hasard, tu la reconnaîtras entre toutes à quelque chose de doux, de charmant et de *déjà vu*, un sentiment nouveau va s'éveiller en toi.

Tu éviteras sans peine les longs détours, les présentations officielles et les cours guindées; elle aura senti la sincérité de ton regard et sans que tu aies jamais parlé tu ne pourras point douter qu'elle

soit à toi tout entière. Un soir d'hiver, isolés au
milieu de la foule, déjà sous l'empire de ce sentiment intime et tendre qui n'est pas l'amour,
mais qui vaut mieux encore, tu lui tendras la main
et lui demanderas la permission de l'aimer toute ta
vie.

La réserve dans laquelle vivent les jeunes filles
du monde donne une force dangereuse aux ex-
plosions de leurs sentiments, elle ne rencontrera
pas en toi un amant passionné. Tu n'auras pas
sans doute l'ardent amour qui vous envahit et
vous agite, une fièvre amoureuse qui creuse les
yeux et sillonne la face, non, tu l'aimeras de tout
ton cœur, avec calme et sincérité, tu sentiras
ton bonheur et en mesureras toute l'étendue, tu
savoureras une ivresse douce, égale, toujours
semblable à elle-même, et pour la première fois de
ta vie tu comprendras les joies de l'habitude et
attendras avec une légère impatience le retour
prévu d'une émotion sans secousse dont tu feras

chaque jour ton espoir sans cesse renaissant. Tu lui auras voué un sentiment nouveau pour toi qui sera fait de tendresse, de confiance et d'amitié.

On vous mariera au printemps, loin de Paris, dans quelque village où se sera écoulé son enfance, sans fracas et sans bruit, sans pompe et sans vertige, vous ne passerez pas entre deux haies d'indifférents qui parleront des dentelles de sa jupe et épieront sa pâleur, c'est toi seul qui dans tes profondeurs intimes chanteras l'épithalame.

Alors à toi de parfumer ce cœur qui va goûter la vie, à toi de le tremper dans la paix et la fraîcheur des cieux; dis-lui toutes tes poésies, montre-lui toutes tes ivresses, mets à nu toutes tes extases, éblouis-la en lui montrant toutes les richesses de ton âme et de ton imagination, ouvre comme un trésor ton cœur tout plein de son image, qu'elle se sente en face de quelque chose de puissant et bon, d'intelligent et de fort, à toi de la conquérir à jamais. Tu es encore le poëte, tu n'as

souillé aux orgies du monde que l'enveloppe
terrestre, et tu gardes toujours une âme loyale
dans un cœur sans détour.

Elle n'aura pas la vertu farouche et l'austérité
des matrones, et saura rendre attrayant son vertueux foyer ; toujours aimable parce qu'elle aura à
tâche de plaire, elle charmera sans qu'on le désire,
elle attirera les cœurs sans les subjuguer ni les
troubler ; on jalousera ton sort, on l'enviera sans
aspirer à celle qui a su construire sûrement l'édi-
fice de ton bonheur.

Sans pouvoir te suivre dans les ardeurs de ta
pensée, elle soupçonnera des luttes muettes et des
combats silencieux, elle comprendra la tyrannie
des idées, l'emportement du travail, les douloureux
enfantements de la conception et te laissera faire
deux parts de ta vie.

Elle saura respecter tes tristesses et ton silence,
tes rêveries et tes expansions. Parfois quand poussé
par je ne sais quel besoin impérieux tu développe-

ras devant ses yeux éblouis tes projets et tes conceptions, tu remueras des idées, trouvant sans
t'en douter de nouveaux horizons qu'une pensée
nouvelle te révélera, elle te suivra avec effort dans
ce monde des rêves et, touchée par une espèce de
grâce intérieure, elle s'élèvera jusqu'à toi par la
force de l'amour et le miracle de la foi.

Tu ne la verras apparaître qu'au moment où ton
cœur allait la désirer, elle gardera toujours à tes
yeux un certain idéal, qui est le surnaturel de la
femme même dans l'intimité de la maison conjugale, prête à t'offrir l'amie dans l'épouse ou la maîtresse dans l'amie, selon le secret désir de ton cœur.

Tu n'as point à jamais banni de ta vie et de ta
pensée la fantaisie et l'imprévu, tu aimes ce qui
brille et ce qui chatoie, ce qui sourit et ce qui
chante, il te faut des fleurs pour charmer tes yeux,

des couleurs claires et gaies pour maintenir ton esprit dans un équilibre sain et joyeux. Comme une
fée dont on éprouve toujours les bienfaits et dont
on ne fait que soupçonner la trace, elle disposera
à souhait, pour le plaisir de tes yeux, les fleurs
que tu aimes.

Par une lente étude, qu'elle suivra dans le silence, tu la verras bientôt monter jusqu'à toi ; elle
vivra secrètement dans l'intimité de ceux que tu
aimes ; on la verra chercher pour émouvoir ton
cœur et charmer tes oreilles quelque vieil air de
Stradella ou du doux Cimarose, et vos esprits et
vos âmes se mettront peu à peu à l'unisson ; vous
n'aurez plus qu'un cœur à deux, vos joies devien-
dront les mêmes et vous serez surpris un jour de
ressentir les mêmes enthousiasmes.

Elle n'offensera jamais tes yeux par des fautes
d'harmonie et de naïves dépravations de goût, elle
verra ton auréole, jouira de tes vanités, comprendra les rêveries, souffrira de tes blessures. Cet être

simple et bon, qui n'avait en partage que l'igno-
rance et l'amour, se verra peu à peu élevé jusqu'à
toi, parce que toutes les forces vives de son être se
seront concentrées pour te saisir et te comprendre.

Dans la plénitude de ta force, armé pour le
malheur, ayant trouvé, malgré les coups du sort
auxquels personne ici-bas ne peut se soustraire,
l'équilibre parfait et le calme constant, inaltérable,
indestructible d'une conscience calme et forte, re-
nouvelé peut-être, et puisant une vie nouvelle
dans celle d'un enfant qui aura resserré encore les
liens si étroits qui vous unissent, vous descendrez
ainsi la route de la vie, la main dans la main, prêts
à épuiser toutes les amertumes ou à savourer toutes
les joies. Rien ne pourra vous abattre, vous offri-
rez vos douleurs à quelque chose de grand, d'im-
muable et d'éternel qui étend sur le monde son
rayonnement immense.

Hier encore tu étais le soutien et l'appui, tu
étais la vie et la force, la lumière et la puissance;

à son tour elle soutiendra tes pas chancelants, elle endormira tes douleurs et calmera tes inquiétudes.

La vieillesse est venue : autour de vous se sont groupés ceux qui sont votre joie et dans lesquels vous vous sentez revivre, vous feuilletez le livre de votre existence sans trouver une page à déchirer, vous parcourez, penchés l'un sur l'autre, le doux poëme d'une vie honnête et laborieuse dont le ciel limpide et pur n'a été troublé que par celui qui dissipe les nuages ou les amoncelle à son gré.

Votre tête se penche, vos cheveux blanchissent, votre main tremble, vous assistez au déclin de votre propre vie, comme au spectacle de la chute du jour, jouissant des derniers rayons du soleil qui dorent de leurs reflets ces derniers jours qui vous restent à vivre. Toujours prêts à partir, car vous savez depuis longtemps que la mort est la seule fin sur laquelle l'homme puisse compter sans déception, vous regardez d'un œil tranquille cet être immobile qui regarde mourir.

Les bienfaits que vous avez semés le long de votre route vous font un immortel cortége, l'aube des beaux jours vient encore de son reflet lointain éclairer ces suprèmes intants qui n'ont jamais d'amertume pour ceux qui les envisagent depuis longtemps.

Vos yeux se ferment enfin, la force vous abandonne, la voix s'éteint, et elle est là toujours, comme autrefois, douce et résignée, fidèle jusqu'au delà de la tombe, elle tend à vos lèvres altérées le dernier breuvage et sa main pieuse va clore vos paupières. Ce n'est pas la mort qui vous arrache violemment et vient couper dans sa séve un arbre qui promettait un frais ombrage, c'est la vie qui s'épuise, mais qui recommence et va pousser ses bourgeons nouveaux et pleins de force dans ce rejeton qui vous donne son dernier sourire et sa première larme, c'est le déclin et l'éternel repos. « Rien ne trouble ta fin, c'est le soir d'un beau jour. »

ÉLÉGIE PARISIENNE

ÉLÉGIE PARISIENNE

Naïades de la Seine, je ne viens point pleurer assis au bord de vos rives, mais j'ai connu vos berges touffues et vos îles ombreuses.

J'ai vu les grands peupliers d'Italie aux troncs noueux pencher leurs branches dans votre onde tranquille; et les liserons blancs s'enrouler autour des vieux saules. Quelques rares pêcheurs inoffensifs et recueillis venaient seuls s'asseoir sous ce pâle feuillage dans une immobilité peu féconde, de temps à autre la vareuse rouge et le blanc parasol d'un peintre éclataient dans la prairie verte, et à l'heure de midi, quand le roi des étés s'épandait sur la plaine, là tout était ombre et tout était silence.

Qui nous rendra la belle île et son vert feuillage !

Un beau soir d'été, des artistes qui se laissaient aller au fil de l'eau avaient pris possession de Croissy au nom du paysage moderne. Rousseau y voulait planter sa tente, Français y trouvait son *Jardin antique*, Anastasi et Villevieille y peignaient les saulaies, Corot jurait qu'à la nuit close on y surprenait des nymphes ou des égypans, et Troyon le robuste commençait à comprendre qu'un pêcheur relevant ses verveux vaut un faune tressant des couronnes.

Aujourd'hui le pauvre Villevieille est couché dans la tombe. Il est mort à l'automne de l'année et au printemps de sa vie, l'amoureux des cou-

chers de soleil! Troyon, qui aimait tant les di-
vines odeurs des foins dort aussi sous la terre!
— On a violé vos rives et décapité vos vieux
saules, ô mon île! et les oiseaux ne chantent
plus.

Le petit vin blanc de mon hôte est moins frais
et sa matelote est plus chère. La fillette en robe
claire ne rame plus en conduisant son bachot le
long des rives, livrant sa peau blanche aux baisers
du soleil, la tête couronnée de clochettes et de vo-
lubilis; mais la *Vieille Garde* passe en ses pom-
peux canots, la main sur la barre, elle couvre
d'un voile son front scandaleusement maquillé; et,
de toutes parts, les poneys-chase et les paniers à
grelots longent la berge, ils abordent à la *Grenouillère* et déposent sur la rive des filles aux cheveux rouges, aux yeux bordés de khol, et des
froids gandins.

Pendant dix années nous vinmes là, entre deux voyages, au sortir de Baïa ou de l'Albaycin, de Mogador ou de Dendérah, et en face de l'île verdoyante, au bord de la Seine qui serpente en reflétant dans ses eaux son cortége de peupliers, nous oubliions le Tibre et le Guadalquivir, le Nil et les ibis roses.

C'était une nature intime et charmante, nous connaissions chaque sentier, chaque arbre, chaque buisson et chaque nid, on habitait dans les branches, on chantait des ballades à la lune en se laissant aller à la dérive, on effrayait les bourgeois paisibles par des chansons extraordinaires; « *Les peintres de Barbizon, quelle drôle de barbe ils ont,* » et sur la paille des cachots de Maurice, *à l'île d'Aligre,* j'écrivais mon premier sonnet et je rêvais mon rêve des vingt ans.

Quand le voyageur revenait bronzé par le soleil de Nubie ou bruni par le hâle des longs campements, du plus loin qu'ils le voyaient les petits

enfants du pêcheur venaient en courant lui tendre
leurs bonnes joues roses, Charles voulait lui
donner jusqu'à sa fauvette à tête noire et lui disait
mystérieusement : « Y a z-un nid dans les que-
nouilles à ma tante Gautron. » — Sophie lui de-
mandait d'un air rêveur en montrant une écaille
de moule aux reflets nacrés : — « Dis donc,
monsieur, les coquillages, pas ! ça se trouve dans
la mer ? »

Et derrière nous, dans un nid de feuillage, partant de la tonnelle couverte de vigne vierge et
d'aristoloche que le pêcheur appelait sérieusement
« mon kiosque, » on entendait des rires frais et
sonores interrompant des dialogues étranges,
mêlés de bruits de baisers.

— Ninie, passe-moi mon narguileh.

— Attendez, seigneur, je la bourre.

— Est-ce que Georges a exposé cette année ?

— Deux tableaux : — le portrait d'un melon, le
cœur déchiré, les pépins saignent, nature morte

qui vous arrache des larmes, et *Francesca et Paolo*
— refusé.

— Si tu devines lequel des deux est le mâle, je
te paye des guignes.

— Voyons, Ninie, tu fumes tout, rends-moi ma
pipe et viens baiser ton vainqueur.

— Non, vrai, ça ne me dit rien ! Embrasse
Laure ; ce n'est pas une chimère.

— Des fadeurs ! Tu fais des mots comme Orphée
ose en faire.....

Et les chants s'élevaient avec fureur, c'était à
croire qu'on avait lâché des ténors dans le
jardin.

La *Grenouillère*, devenue si célèbre, était une
baignoire fleurie avec un fond de sable argenté.
Quelques honnêtes mères de famille y venaient
barbotter sans fard et sans coquetterie. Un gigan-

tesque saule pleurait dans l'onde, et sous l'œil de ces matrones assises à l'ombre du feuillage, la vierge timide et l'enfant craintif s'avançaient en se tenant par la main ; ils grelottaient et jetaient des petits cris d'effroi.

Les sexes se confondaient dans une touchante harmonie, on y respectait la décence sans être ennemi d'une douce gaîté. La pudeur municipale n'avait point à s'alarmer, et jamais le tricorne du bon gendarme n'apparut derrière la saulaie.

Aujourd'hui la Grenouillère s'appelle d'un nom prétentieux et léger « *Mouill-fess-club* » pour les gandins (si j'ose m'exprimer ainsi) et le *cap des Torses* pour les artistes.

La foule est compacte et mêlée, les toilettes y sont extravagantes et folles. On y voit des jumelles comme à Ventadour, des cannes et des sombreros comme à la mer; on fait de la tapisserie sur la plage, on y parle javanais en prenant des leçons d'anatomie, le *caïman* désole ses parages, et les

13.

filles à huit ressorts en ont fait leur Trouville. La
vierge ne s'avance plus qu'en rougissant sous le
feu des lorgnettes ennemies de la *Vieille Garde* et
des regards luxurieux des visiteurs indiscrets.

Des pudeurs toutes modernes y ont proscrit
l'antique costume cher aux fils de Lacédémone pour
faire droit à de *justes répugnances* devenues
classiques. C'est à peine si on sait désormais à quoi
s'en tenir sur la constitution des Parisiennes en
villégiature dans les villes d'alentour. Autrefois on
voyait une ample et majestueuse personne s'y ré-
véler ascétique et modeste, et souvent le rêveur
qui passait lentement en manœuvrant son léger
canot, a surpris là des qualités solides qui res-
taient ignorées.

Tout passe et tout change; c'était naïf et sans
détour; c'est indécent et raffiné. Aujourd'hui les
hommes sérieux s'accoudent au balcon de la *Pe-
niche* et intimident les baigneuses, et les dilettantes aimables qui n'aiment point l'eau froide

affrontent ses rigueurs pour offrir le secours de leurs bras aux craintives et savoir à quoi s'en tenir sur la dureté des marbres.

L'île, qui ressemble aujourd'hui au square Montholon, était fraîche alors comme la vallée de Tempé, c'était un coin béni de la nature où jamais n'avait retenti la cognée. Les lianes croissaient à la grâce de Dieu, les ronces sauvages y poussaient leurs robustes bourgeons, les arbres énormes balançaient leur ombre sur la tête du promeneur solitaire qui n'avançait qu'avec peine à travers les herbes folles et les plantes sauvages.

Le père Dheux n'était alors que l'innocent garde champêtre des enfantines légendes avec la plaque et le sabre inoffensif dont on voit passer sous la blouse la pointe en cuivre poli. Aujourd'hui les lianes et les ronces sont arrachées d'une main impi-

toyable, les grands arbres centenaires sont expro-
priés pour cause d'utilité publique, les oiseaux
sont en délicatesse avec le père Dheux, qui porte
des costumes très-administratifs, et les gamins, en
le voyant passer, le prenant pour un sous-préfet
en tournée, ôtent leurs bonnets en criant : « Vive
l'Empereur ! »

Les filles à la voix claire et au nez en trompette
ne vont plus cueillir les scabieuses et la reine-mar-
guerite dans les hautes herbes, les peintres ne font
plus d'études de saules et les poëtes ne viennent
plus chercher des sonnets sous les dômes de verdure. On fait les foins dans la prairie et on draine
les pelouses, les berges touffues sont déshonorées
par un treillage Tronchon, on mange du melon et
on boit du champagne sous les aubépines. — On a
chassé les faunes et les hamadryades.

Les commis voyageurs, les cocottes vieillies et
les oisifs sans fantaisie et sans verve ont envahi ces
plages.

Quels êtres abritent désormais notre petit chalet aux volets verts !

Là vivait la fille blonde abandonnée par son féroce amant qui sut résister pendant bien des étés aux persécutions des pirates venus des contrées lointaines d'Asnières et d'Argenteuil. Elle reposait sans crainte dans son bosquet de verdure sous la garde d'un chien légendaire qui répondait au nom de *Tape-à-l'OEil*, elle avait dix-huit ans et des mœurs d'un autre âge.

Les pirates sont chefs de division, référendaires et officiers de l'ordre, et Blanche vend des gants dans le passage Mirès.

Le Robinson de cette île légendaire, celui qui avait succédé aux paysagistes en délire, Carcano, le terrible Carcano ne reconnaîtrait plus la nature;

sa rouge vareuse et ses chapeaux singuliers déton-
neraient dans ce paysage Tronchon, qui ressemblait
à Sorrente, dont le Mont-Valérien était le Vésuve,
et qui désormais fait concurrence à Asnières.

— Carcano est un symbole. Quel type et quels
souvenirs ! C'était un patriote italien chassé de la
Lombardie et qui s'était réfugié dans le village de
Croissy ; il y vint pour huit jours, il y resta douze
ans. Figurez-vous Fiorentino moins épique avec
des jambes très-courtes. C'était le génie de la pêche
et le dieu de la cuisine, un homme très-droit et
très-digne, vivant maritalement avec la nature. Sa
mansarde était un capharnaüm et un monde ; on y
trouvait tour à tour des potirons suspendus dans
l'espoir d'une dégustation lointaine, et des tableaux
de maître, des autographes de souverain et des
mortadelles de Milan, des ustensiles de jardinage
et des sabres d'honneur ; des coulis conservés, des
éperviers pour la pêche et des fruits couchés sur la
paille. Quand le matin, Carcano, qui était hospitalier

comme un Arabe, avait convié à sa table le canton-
nier ou le garde-pêche, le soir il avait pour hôtes
Emile Augier, Mme Alboni, Meissonier ou le marquis Raimondi ; cela se passait dans une mansarde
de dix pieds carrés où il trouvait dans le plus inouï
des désordres, mais au milieu d'une rare propreté,
les objets les plus inattendus.

Carcano, le patriote, a emporté avec lui le secret
des ravioli ; il est redevenu grand propriétaire et
pêche désormais dans sa villa du lac de Côme. Il a
quitté à temps l'île où il vécut heureux. Croissy n'a
plus de Robinson, Augier est de l'Académie française, l'amiral Meissonier a renoncé à la navigation,
il est devenu sportsman et, infidèle à ces rives, il
signe ses précieuses toiles a Poissy.

———

Pour nous chaque coin de l'île a sa légende,
chaque maison de la rive a ses souvenirs.

Entrez dans l'herbe jusqu'aux genoux, longez
derrière Maurice la série des petites maisonnettes
cachées dans les arbres. Vous y êtes, baissez-vous !
— Sentez-vous pas une échelle dans l'herbe ? —
Oui. C'est cela. — C'est l'échelle de Léandre.

Héro l'attendait chaque soir à l'heure où Diane
apparaît derrière les grands peupliers de l'île. A la
nuit, vif et preste, il quittait la rive lointaine et
glissait dans son frêle you-you le long des berges
odorantes, il abordait dans l'île, et d'un bras nerveux chargeait sur ses robustes épaules la barque
fragile pour la lancer encore, et d'une main vi-
goureuse ramer jusqu'au cabaret de l'île d'Aligre. Là, il cachait dans les roseaux du rivage la
nef qui servait ses amours.

Il arrivait enfin, se glissait dans les hautes herbes, dressait l'échelle en regardant autour de lui et
disparaissait sous le feuillage..... « Cent baisers
pour la peine et cent pour le plaisir. »

Héro était brune, petite, avec une voix d'enfant

et des attitudes de nymphe effarouchée, habile aux
artifices de la toilette, elle avait vingt-huit ans depuis dix printemps, et elle abusait de ce qu'elle
avait été Martine et Lisette pour trop parler de la
Comédie française. Lui était grand, blond et mince,
habile à manier la pagaye, naïf et tendre, il aimait
son Héro et ne se doutait pas qu'il lui fallait chaque jour un cœur au râtelier. J'avais découvert
que, seulement pour la campagne, cette Héro-là,
qui n'était pas bien grande, avait trois Léandres
d'une jolie dimension. Mais j'aime ces erreurs de
la jeunesse et ce n'est pas moi qui troublerais ces
doux songes.

———

Modeste-Asile a résisté à l'invasion. Lireux, un
véritable homme d'esprit, y exerce toujours l'hos-
pitalité. Cincinnatus-Odilon Barrot rame encore,

14

une rose à la boutonnière, et des personnes d'une
forte corpulence pêchent toujours à la ligne le
long des berges, faisant face à des artistes maigres et mélancoliques qui demandent avec intérêt
« est-ce que ça mord. »

Le vert coteau a toujours ses blanches villas et
ses parcs ombreux. Ségalas, qu'il ne faut pas confondre avec Anaïs, y vit en bon voisin avec la
Giroflée de la Porte-Saint-Martin; à force de
privations, elle est parvenue, jeune encore, à
acheter le château d'un financier qui a sombré.
Lambinet, fidèle au théâtre de ses succès, s'obs-
tine à faire des études à la pointe de l'île comme
en des jours meilleurs.

Les chevaux des pompes funèbres paissent les
foins de l'île basse où nous allions cueillir des
bouquets avec des cœurs sans détours, en robes
pas princesse du tout, et la *Palogne* qui arborait
des pavillons coquets, et que conduisaient huit vi-
goureux cousins qui faisaient l'orgueil de Cham-

bellan et de leur famille, court des bordées Dieu
sait où.

Solar a quitté Venise où il s'habillait en Armé-
nien; Laurent-Jan, si fidèle aux ombrages de Maurice, n'apparaît plus que comme un remords; la pâle
Jane Essler est en état de grâce et nous oublie;
Alarcon, le poëte, est à Madrid et il est député; De-
laborde, ce prodigieux pianiste, compose un opéra
pour le pays de Gœthe; Olivier de Gourjault, le fin
dilettante, Théophile Gautier fils et Baudit le pay-
sagiste ont aussi déserté notre petite cabane, si
légère, qu'elle semblait construite avec un vieux
jeu de lansquenet. Phalanstère où nous fûmes heureux, — ce qui prouve que la jeunesse a des res-
sources.

Goupil est positivement sérieux; Nivière est
marié; Mermet écrit *Jeanne Darc* à la Selle-Saint-
Cloud; Tabar est à Argenteuil; Ferdinand Heil-
buth est à Hambourg; Bauer est plus que jamais à
la Presse, mais il est propriétaire, et Ponson du

Terrail, qui écrivait des romans très-noirs, dans
ce champêtre asile, sous la vigne vierge du cher
cabaret de l'*Ile d'Aligre,* rêve des demeures somp-
tueuses et veut conduire à quatre. Dupeuty et Thier-
ry ne collaborent plus et font encore les canotiers.

Nature! pourquoi ne pas t'émouvoir, on t'ou-
trage et tu refleuris sans cesse après avoir fleuri !

———

Cherchons des rives plus hospitalières, un flot
plus tranquille, des berges moins sillonnées d'amazones et des personnes d'un sexe différent qui
soient moins riches des rentes des autres et d'un
âge plus précoce.

Je suis indigné, je veux crier et je crierai. —
Tant pis! on a gâté mon île et on a violé nos rives.
Qu'est-ce que vous avez fait du petit îlot du cap des
Torses et de son grand saule pleureur? Où sont
les trois immenses peupliers d'Italie qui ombra-

geaient la péniche de Seurin? et nos liserons! nos
grandes sauges, nos bouillons blancs, nos demoiselles, nos nénufars et le *Lucus*, ce petit bois sacré
où nous disions du Chénier en peignoir de bain?
Nos nuits étoilées, nos matinées limpides, nos couchers de soleil éclatants, nos sérénades et nos bals
en plein air sur le chemin de halage, qui nous les
rendra?

C'était l'âge d'or, c'est l'âge de fer, les baigneuses
ne vous demandent plus si vous avez de l'esprit
et si vous êtes bien tourné, il faut montrer ses
Lyon-Méditerranée et ses Consolidés anglais. Ces
dames demandent des parfaits au café chez
Maurice, et du potage Saint-Germain, chez la *mar-*
quise. Sophie ne tutoie plus les convives, Charles
ne met plus les doigts dans son nez. — Augustine
a un chef!!! — Où allons-nous!

A VOL D'OISEAU

A VOL D'OISEAU

SUR LA CORNICHE

Chaque fois que je vois la terre gercée par le froid disparaître sous une couche de neige, au moment ou Strauss reprend l'archet pour donner le signal aux debardeurs en délire, quand les enfants mettent leurs souliers dans la cheminée, et quand les parents examinent avec intérêt la devanture des boutiques du boulevard, en pensant aux étrennes, alors, comme un exilé du pays du soleil, je songe

avec tristesse aux rives heureuses qui ne connais-
sent pas l'hiver.

Assis auprès du feu, je revois, dans mes rêveries,
des coins aimés du ciel où jamais le noir aquilon
de M. de Fénelon n'osa souffler.

Les petits ports blancs qui s'avancent dans la mer
bleue, les collines pelées dont la base est couverte
d'orangers vert sombre au milieu desquels surgit
une villa aux toits plats, repassent dans ma mémoire.
Je vois les côtes aimées, les pays charmants, le
golfe de Gaëte, Pausilippe ou Sorrente. Je m'em-
barque en rêve pour les îles Baléares ou pour Ma-
dère, j'aborde à Ivica, je revois Cadix blanche entre
deux tons bleus. Ceuta l'Africaine, Tanger, le Maroc, passent comme un diorama ; je vagabonde sur
la carte, je remonte le Nil dans une cange, j'aborde
à Philoé ou à Dendérah ; je m'assieds aux pieds de
palmiers que je connais, sur le sable chauffé par le
soleil, près d'une crique d'eau douce et claire, et je
fais des ronds sur le sable pendant des heures en-

tières, enveloppé dans une atmosphère douce et chaude qui me baigne et m'entoure. Je n'ai qu'à fermer les yeux pour évoquer dans le souvenir, des retraites silencieuses, loin des frimas et des autans, et, comme l'hirondelle, je voudrais que l'homme pût aller chercher le soleil quand le soleil le quitte.

Oui, je sais bâiller tout comme un autre en cravate blanche et en gilet à trois boutons, adossé au mur d'un salon; j'ai fait mes preuves comme *amant du plaisir* et comme compagnon de la folle orgie; je passe des hivers sans manquer un bal, une première représentation; je vais onze fois de suite aux Italiens et je finis ma soirée dans quelque foyer de théâtre; je sais dîner seize jours en ville sans donner de signes d'aliénation mentale et la douleur ne se trahit pas sur mon visage quand j'entends jouer une sonate de Schumann par une jeune fille bien sage : mais, en face de la mer bleue ! par les côtes baignées dans la brume, par les nuits étoilées, par les fleurs, les parfums et les ivresses indicibles de

la nature, je le jure ! — je suis un fauve égaré dans
la civilisation, un exilé des pays où tout rayonne et
tout chante, j'ai horreur du mouvement et du bruit,
des raffinements et des agitations sans but, et je
voudrais laisser couler ma vie à Chio, à Scutari ou
dans la blanche Camyre, en faisant des sonnets
qu'on ne lirait point et en comptant, comme un fa-
kir, les grains d'un chapelet d'ambre.

L'Océan, c'est la vaste mer, houleuse et gri-
sâtre, chargée de sable et roulant avec fracas ses
galets ; une mer très-occupée, qui n'a pas le temps
de nouer sa ceinture entre l'amant du jour et celui
de la nuit. L'Océan a la majesté des soleils cou-
chants et la vie ardente ; il travaille et rugit ; il
se brise en hurlant contre les rochers à pic et gémit
sans repos ni trêve.

La Méditerranée est une toile de fond, un lac

bleu, presque oisif, sans marée, à peine a-t-il un flux
et reflux doux comme un soupir ; ses plages sont
vertes et pleines d'ombrages ; de Cadix à Smyrne,
ses eaux sont limpides et azurées ; on compte sans
peine les rochers de son lit et ses coquilles nacrées.
Ses horizons sont un décor, ses côtes sont des rochers sur lesquels, comme des mouettes au repos,
se sont abattues des villes blanches. De distance en
distance, à souhait pour les yeux, des toits rouges
et des phares blancs s'élèvent au milieu des oliviers
grisâtres ou des orangers vert sombre. Du pont du
vaisseau on peut compter les fruits d'or, et le soir,
quand s'élève la brise, elle vous apporte des parfums de citronniers en fleurs.

Parfois, même au large, sans crainte et sans
danger, vous voyez passer à vos pieds de frêles
barques et de petites voiles blanches ; elles ne craignent pas de quitter les plages, et, si le vent vient
à souffler, elles savent qu'elles aborderont toujours
à une rive hospitalière.

15

Il faut voir l'Océan dans ses colères et entendre gronder ses tempêtes ; les habitants de ses rives sont rudes et francs, loyaux et braves. Il faut voir la Méditerranée dans son calme et laisser couler sa vie dans quelque villa, au bord de ses rivages, au milieu de ses faux marins et des ses riverains indolents.

L'Océan, c'est un monde inconnu, né d'hier, sans ancêtres et sans état civil, qui vend son coton et échange son indigo. La Méditerranée c'est le berceau du monde, c'est le pays des colonies naissantes ; elle vend l'essence de rose et les oranges ; elle est vieille comme la Bible, et elle est jeune comme l'immortalité.

Quittons Marseille et côtoyons la plage : voici la Ciotat avec sa flottille, la Seyne avec ses arsenaux, Toulon avec ses flottes, Hyères avec ses îles,

Cannes avec ses villas et ses Anglais peu badins, Cannes qui a su enchaîner lord Brougham et le rendre ingrat envers Londres ; voici Antibes, Nice avec son beau ciel, ses immenses hôtels-casernes, ses villas sans nombre, ses palmiers souffreteux et ses quais trop réguliers.

Passons ; voici le port, le palais de nougat, qu'un Anglais mélancolique a construit sur le roc ; Ville-franche, qui se regarde dans la mer, et Monaco sur son rocher, au flanc duquel poussent l'aloès et les cactus ; les petites barques s'y accrochent et les matelots se font la courte échelle pour cueillir sur les larges raquettes vertes les figues roses de Barbarie.

Après Monaco, c'est Roquebrune, grise, noi-râtre, au sommet d'un rocher, et se confondant presque avec lui ; ses rues sont toutes à arcs surbaissés, comme celles de Subiaco ; étroites comme celles de Cordoue, et les enfants qui jouent sur les portes sont blancs et roses comme des babys anglais, pensifs comme des Transtévérins et soignés comme des lords en bas âge. — Bonjour, la petite fille blonde aux grands yeux bleus, qui m'as jeté une orange en fuyant vers les saules.

Voici Menton, avec ses jolies Anglaises poitrinaires, son clocher qui se dresse au milieu des maisons blanches, les amazones des trois royaumes-unis et les capitaines Hunt qui font lever la poussière de la route sous le sabot des chevaux. La route de la Corniche serpente et se déroule blanche au milieu des terres couleur de cinabre et d'ocre rouge, coupées par des tranches étagées en gradins, soutenues par de petits murs et plantées de vieux oliviers noueux comme des saules, pâles et poussiéreux. Tout le long de la route on rencontre des calèches et des voiturins, des Anglais (toujours des Anglais!) qui montent les côtes à pied et coupent des cannes de citronnier. Les ladies et les blondes miss aux voiles verts s'appuient sur les coussins des voitures et tiennent sur leurs genoux ces jolis chapeaux monégasques, plats comme ceux des Suisses et blancs comme la paille de San-Remo. Elles mordent dans des oranges, et leurs mères, longues comme des jours sans pain, maigres comme la vertu, montrent leurs dents déchaussées et aspirent les parfums des bois d'orangers qui s'étendent à leurs pieds, en murmurant : « *Splendid. indeed !* »

Plus loin, plus loin encore ! Allons jusqu'à Gênes ; toujours en courant traversons Bordighera et Vintimiglia, Albenga, Savone, chère aux amateurs de potiches ; Conegliano avec son palais ; Durazzo et Sestri di Ponente. Là-bas, c'est Gênes ; l'atmosphère est transparente et limpide, les villas

15.

éclatent au milieu des ombrages ; hier il faisait
froid , les extrêmes horizons sont couverts de
neige. La route monte, monte encore ; le golfe se
dessine. Voici le môle qui ferme la baie et les palais
qui s'étagent prenant vue sur le golfe. Je vois
d'ici les jardins du palais Doria où j'ai dansé pendant dix-huit heures sans demander grâce.

Gênes ! *Mare senza pesci, — Monti senza legno,
— Uomini senza fide, — Donne senza vergogna...*
Je vous jure que le proverbe italien est un men-
teur.

Il faut s'arrêter, il faut revenir, mais on peut
rêver, et moi je puis me souvenir : Tout au loin
c'est la Corse et son haut Graduccio, ses buis épais
et serrés, ses lentisques, ses arbousiers, ses thyms
et ses bruyères ; les chasseurs des maquis y saluent

le passant d'un mot bizarre... « Allez en confiance. »

Puis c'est la Sardaigne, Cagliari couverte d'orangers, le golfe où nous porta la jolie goëlette d'Alexandre Dumas, avec sa devise — au vent la flamme ! au Seigneur l'âme ! — Je l'ai revue il y a quelques jours à peine, échouée, brisée par les flots, laissant la vague emporter un à un ses bordages. Je ne croyais pas aux colères de la Méditerranée.

La vue ne porte plus, il faut regarder dans son souvenir pour suivre les bords de la mer Bleue : c'est Naples et le Vésuve, Gaëte où j'ai dormi trois mois sous la tente, abrité par le tombeau de Cicéron, au bruit des obus et des bombes, aux cris d'alerte des sentinelles. — Ah ! les bons et chers souvenirs ! — C'est Palerme et le lac de Zafarano, sa rue de Tolède vivante et bruyante ; Agrigente, avec ses temples antiques ; Syracuse, avec ses femmes et son vin cher à Hugo ; Catane, qui rafraî-

chit la garnison de Malte avec ses sorbets ; et attache aux cous de toutes les Italiennes ses longs
colliers d'ambre ; l'Etna ; Toarmina avec ses am-
phithéâtres en ruine, ses arcs de brique sur lesquels j'ai cueilli des giroflées jaunes ; Messine,
Charybde et Scylla ; Malte, pittoresque malgré les
Anglais et les canons ; elle a sa faldetta pour les
Maltaises comme Gênes a son mezzaro et Séville a
sa mantille ; enfin, Venise... Véronèse, les doges,
le Bucentaure, Guardi, Canaletti, les gondoles
noires et tristes, les bateliers prestes et habiles, le
Ridotto, l'île des Lazaristes !! — N'allez pas à
Trieste, c'est un peuple de marchands.

Souvenons-nous encore, et ne quittons pas la
Méditerranée. L'Albanie, les Iles, l'Acropole, les
Sporades, la Corne-d'Or et le Bosphore splendide.
Trébizonde, Smyrne avec ses bazars immenses et
ses fraîches mosquées silencieuses, sa rue des Roses
où les Parisiennes s'évanouissent ; la Fronde, le Sca-
mandre d'où partaient les vaisseaux pour aborder

aux champs thessaliens ; le mont Ida, célébré par
Offenbach ; l'Olympe ! que Mme Audouard a im-
mortalisé.

Glissons encore, nous rêvons, et le voyage donne
le vertige à ceux qui pleurent la grande route et
l'exil parisien.

Voici le Liban — qui porte l'hiver sur sa tête, le
printemps sur ses épaules, l'automne dans son sein
pendant que l'été dort à ses pieds, les Druses fa-
rouches, la Terre-Sainte, Jérusalem, Nazareth avec
ses maisons de boue et ses petits oliviers malingres ;
Tunis la ville des pirates, Alger violée par les Français, le Maroc où j'ai vu verser tant de sang, et Cadix blanche et plus orientale que Stamboul, avec
son Alameda et ses palmiers, ses fontaines et ses ga-
ditanes, dont lord Byron a dit tant de mal. Les
côtes, les ports d'Andalousie, le cap Saint-Sébas-
tien où, par une nuit noire, nous cassâmes l'avant
du navire, et d'où nous revînmes à tire d'aile dans
des canots trop étroits. Quelle nuit et quel fracas !

Le capitaine jurait ses grands dieux que la boussole avait tort, et, calme sur le pont, en peignoir blanc, une jolie Norwégienne commandait la manœuvre en pur français et organisait le sauvetage.

Allons, dessinons bien dans votre imagination la côte grise avec un léger ton violacé, au pied des caps et des côtes une frange blanche, un liseré brillant, c'est l'écume, puis le bleu sombre, la mer Méditerranée. Maintenant, prenez du soleil, encore du soleil, une atmosphère pure, limpide, un air léger, vif ; puis du bleu, du bleu encore, du bleu toujours, plein la palette ! des torrents de lumière et des millions de diamants qui vous étincellent et qui vous aveuglent. Voguons en rêve ! — Au vent la flamme, au Seigneur l'âme !

PROFIL DE CHANTEUSE

PROFIL DE CHANTEUSE

J'ai connu une préfecture du Midi qui était devenue la plus douce des préfectures, par la présentation inattendue, dans les salons de M. le
Préfet, d'une cantatrice qui avait le bon esprit de
cacher ses amants et d'avoir de la tenue.

Un membre du Jockey qui porte la couronne
fermée et qui a des fraises dans ses armes — avouez
qu'on n'est pas plus discret — avait beaucoup
fréquenté à Paris les salons de cette charmante

personne qu'on avait surnommée à l'Opéra *la Reine des Toqués.*

Elle arriva un beau soir, parut au théâtre, fit florès par sa beauté, le goût de ses toilettes et le charme qui s'attache à ces êtres destinés à mourir jeunes. On en parla beaucoup chez le préfet, les femmes elles-mêmes l'aimaient déjà tant elle était peu coquette.

M. de M....y assura qu'elle n'avait pas d'amants, ou, du moins, qu'elle cachait discrètement ses liaisons ; bientôt on ne parla plus que d'elle, on alla même jusqu'à proposer de la recevoir aux bals du préfet. — Une cantatrice !... En province !.. Quel scandale !...

Elle y vint, calme, douce, simplement vêtue, sans diamants, elle fut naturelle, discrète ; la préfète, une blonde Parisienne exilée, la déclara charmante ; huit jours après, elle dinait à la préfecture. C'était insolite, mais n'était-ce pas une grande artiste ?

La Reine des Toqués, vers le second service, dé-

clara qu'elle avait des oppressions et demanda à
desserrer son corset, on y accéda de grand cœur.
Elle répondit à toute chose avec une grâce parfaite,
elle causa administration en femme habituée à
rouler des cigarettes pour l'un des plus habiles
ministres de l'intérieur ; on parla toilettes ; elle
apporta des idées fraîches et originales, elle soutint
une thèse contre le préjugé qu'ont les femmes de
se coiffer en fleurs artificielles, au lieu de tresser
elles-mêmes des bruyères roses ou blanches, des
roses ou des camélias suivant la saison.

On servit le café — les hommes, suivant leur
affreuse habitude, se séparèrent et gagnèrent le
cabinet du préfet où ils allumèrent leurs affreux
cigares ; *la Reine des Toqués* ne s'en émut point et
tira de la poche de sa robe un adorable petit sachet
contenant du latakié et des *papelitos* espagnols, on
parlait de Verdi, elle s'animait et ses joues pâles se
coloraient d'une légère teinte rose, elle roulait
dans ses jolis doigts ses cigarettes mignonnes.

Quand elle eut aligné sur un guéridon cinq ou
six papelitos, elle sembla implorer la préfète, disant
qu'elle était souffrante, et que le latakié lui pro-
curait un léger enivrement qui la calmait; du reste,
le latakié est si peu du tabac! La préfète subissait
le charme, elle permit, et *la Reine* se prit à fumer
avec une aisance d'allures qui excluait toute idée
de scandale prémédité, on causa fumée, la femme
du procureur impérial, Mme de R., avoua que son
frère la faisait fumer en cachette et que ce n'était
pas si désagréable. Une jeune sous-préfète très-
gentille mourait d'envie d'essayer, *la Reine* lui
tendit un papelito, une demi-heure après, toute
la préfecture fumait.

Mais les salons s'emplissaient de grandes femmes,
sèches, longues; des femmes de commandant de
gendarmerie, des inspectrices des haras en bois,
des gardes générales en fer blanc vinrent saluer
Mme la préfète; on se mit au whist, on cherchait
des yeux la cantatrice qui refusait de paraître. —

Elle n'aimait pas le monde, elle savait le préjugé qui s'attache à sa profession : dans l'intérêt de la préfecture, elle préférait la douce intimité à laquelle on voulait bien l'admettre. On délégua la plus revêche des directrices des postes, une veuve de la grande armée; elle se rendit à tant d'instances et s'avança vers le piano.

Une heure après, elle y était encore, ardente, inspirée, chantant le finale de *Norma* :

> Qual cor perdisti !
> Quest' ora horrenda
> Ti manifesti.

Les conseillères municipales en bois ne se rendaient pas bien compte de ce qui se passait, mais l'émotion les gagnait. *La Reine des Toqués* fut bien près d'être sublime, on insistait pour qu'elle chantât encore, un conseiller de préfecture s'offrit à apporter les mélodies de Schubert, et l'inspectrice des haras, qui protestait contre tant de charmes;

16.

se rangea du parti de chacun, les *Plaintes de la jeune fille* l'avaient désarmée.

Un mois après, sans qu'on s'en aperçût, toute la préfecture était séduite. Les dames y dînaient sans corset et fumaient des cigares; le soir, les jeunes substituts, sans s'en apercevoir, introduisaient dans leurs froids quadrilles des ritournelles cancanesques, on commentait les procès en séparation, et on trouvait la société de ce temps-ci, et la cantatrice elle-même, un peu bégueule.

Ce fut du reste une charmante préfecture.

AU BAL DE L'OPÉRA

AU BAL DE L'OPERA

DÉDICACE

Vous est-il arrivé parfois, au sortir d'une de ces honnêtes soirées où les sirops les plus onctueux et les gâteaux les plus secs préludent au punch le plus inoffensif, quand les danseurs appuyés contre les murs de l'antichambre semblent *attendre le corps*, — vous est-il arrivé, dis-je, à vous célibataire un peu blasé, de reconduire quelque vertueuse

madame Fernel, en traversant ce quartier général
du plaisir dont le camp se dresse, les jours de bal
de l'Opéra, depuis le coin de la rue Le Peletier et
les passages jusqu'au coin de la rue Rossini ?

Vous précédez de vingt pas le mari confiant et
heureux d'avoir gagné dix fiches à vingt centimes.

La foule, à peine contenue par les escouades de
sergents de ville, se rue aux abords du temple ; les
fiacres les plus insolites et les antiques citadines
vomissent sur les degrés de l'Opéra toute la car-
gaison bariolée *à souhait pour le plaisir des yeux*
— comme dit M. de Fénelon.

Quelque chicard convaincu, réminiscence d'un
autre âge, traverse la place, projetant sur le pavé
l'ombre étrange d'un plumet gigantesque ; deux
pierrettes court vêtues sautillent sur le pavé comme
deux bergeronnettes qui craignent de mouiller
leurs plumes.

L'honnête dame pousse un gros soupir ; vous êtes tout étonné de sentir son bras s'appuyer convulsivement sur le verre de votre montre au point de le briser, et si vous êtes une bonne âme, un honnête jeune homme auquel elle ne craint pas de montrer l'unique faiblesse d'un cœur vertueux, elle vous tient à peu près ce langage : « — Oh ! que » vous êtes heureux, Amédée !... (ou Jules... ou » Gustave), de pouvoir, sans que le monde y » trouve un sujet de médisance, franchir les portes » de ce jardin de délices, et fourrager à pleines » lèvres dans ces vergers où il n'y a pas de fruit » défendu pour vous ! »

Vous trouvez le *fourrager à pleines lèvres* un peu bien leste pour une femme très-honnête ; vous esquissez un : — « Oh ! mon Dieu, madame !... » et vous essayez de prouver à celle qui caresse sa chimère d'une main frémissante, que tout ce bruit, toutes ces lumières, tous ces attraits ne valent pas un regret.

La nuit qui succède à cette orgie d'eau sucrée
et de gâteaux secs s'écoule lente et pleine de visions
tentatrices : de vagues parfums d'écrevisses à la
bordelaise remplissent l'alcôve conjugale ; les suaves
aromes des truffes et du pâté de foie gras se mêlent
dans l'air aux lointains échos d'un orchestre idéal,
conduisant à une orgie gigantesque ; des masques
étranges et des démons roses glissent sur les par-
quets d'un foyer somptueux, de beaux cavaliers
irréprochablement cravatés et gantés de blanc
murmurent des madrigaux aux oreilles des dominos sombres qui laissent les boucles de leurs
cheveux ruisseler sous les barbes de dentelles. Le
jour paraît à travers les fentes des volets ; monsieur dort du plus bruyant sommeil, et la vision
qui poursuit sa chaste compagne ne s'est pas encore évanouie.

Oh ! vertueuses notairesses ! négociantes immaculées ! bourgeoises décentes et modestes, vous qui vivez chez vous et filez la laine, vous rêvez devant les affiches où s'étale le nom de Strauss, eh bien ! nous irons droit au monstre, je vous montrerai cet Éden, que votre imagination peuple tour à tour de grandes dames fantaisistes et de courtisanes impudiques, de bourgeoises émancipées pour une nuit et de fils de famille en belle humeur, de provinciaux aventureux et d'étrangers âpres au plaisir.

Nous côtoyerons à peine les sentiers fangeux, et si nous rencontrons l'exception scandaleuse, nous passerons rapidement. Je ne veux ni farder l'idole, ni lui ôter brutalement un à un ses brillants oripeaux.

———

La folie est là, cambrant ses hanches opulentes, laissant s'échapper de son bonnet phrygien ses cheveux rebelles; elle agite sa marotte et secoue sa jupe aux grelots sonores. — Sonne-t-elle bien le joyeux tocsin du plaisir, ou n'est-ce que la cloche de l'ennui qui cherche à s'étourdir?

SOUS LES LUSTRES

Entrons dans la salle. On y marche à peine; — des bébés érotiques coudoient des ours qui s'ennuient d'être si bêtes; — une laitière suisse s'appuie négligemment au bras d'un pierrot rouge; — voici des arlequins, des Indiens Ioways, des camargos, des brigands calabrais, des grenadiers, des flambards, des incroyables. — Ici, un troubadour, grattant avec fureur une guitare sans corde, soupire sa plainte amoureuse au municipal de service; — là un magicien barbu dit la bonne aventure à une esclave grecque.

Strauss frappe de son archet le dos de son vio-
lon ; on va attaquer le quadrille du *Mirliton*.

Finette, la grande Finette, la dernière des Al-
dini, celle qui dédaigna les hommages du club des
cols cassés, celle que l'or des princes ne put sé-
duire, la bohémienne ivre de liberté, prélude par
d'excentriques jetés-battus aux pirouettes insensées
du cavalier seul.

Elle daigne faire vis-à-vis à la pêcheuse de cre-
vettes, et ce travesti hurle à tous les échos de la
salle que, puisqu'il est jugé digne de danser au
quadrille de la reine du bal, il va reconnaître cet
honneur en *renquillant immédiatement dans sa
tour de Nesle*...

Renquiller !... Tour de Nesles !...

. . . .

L'ouragan se déchaîne, la tempête hurle, l'orchestre rugit ; les pompiers, fanatiques du décorum, se tiennent aux banquettes et murmurent 'article 20 du manuel du factionnaire ; les municipaux font semblant de chercher des femmes du monde dans les loges.

. . . .

Ceux-là, madame, ce sont les convaincus, les seuls conséquents, les seuls raisonnables parmi les somnambules qui viennent s'agiter à l'Opéra. Je crois m'être aperçu qu'ils trébuchaient un peu en entrant, et il est à craindre qu'ils aient demandé leur entrain, leur esprit et leur gaieté à de fréquentes libations, mais que voulez-vous, il faut renouveler sa provision d'ardeur au plaisir.

J'ai remarqué aussi des hommes vêtus de brocard d'or, de satin bleu de ciel, des troubadours sérieux, des pages pour de vrai, des Aramis

consciencieux et des Lindor si jolis et si bien pei-
gnés que j'en ai eu froid dans le dos.

Ils vivent en association fraternelle et fréquentent
volontiers la gauche du spectateur près de l'am-
phithéâtre.

Relevez le bas de votre jupe, madame, c'est ici
qu'est la fange.

J'aimerais mieux, si vous perdiez votre cavalier
dans la foule, vous voir tomber aux mains d'un
chicard abominablement gris; ce pourrait être
quelque étudiant qui avait juré de s'amuser, et qui
n'est parvenu qu'à avoir mal au cœur, il vous
reconduira vertueusement chez vous, en vous demandant pardon d'avoir un faux nez qui le gêne
beaucoup, un panache et un casque qui ne sauraient tenir dans la voiture, et des bottes si dures

si dures, madame, qu'il est au supplice et ne peut plier les genoux.

Enfin, confus et rougissant, il vous serrera timidement le bout des doigts en vous disant qu'il a, à cent lieues de Paris, une cousine qui a votre taille et vos yeux, et ne songera pas à regarder le nom de la rue où s'est arrêtée la voiture.

Quant aux chevaliers de l'azur, madame, oh ! ceux-là ne sont pas naïfs, et toute peine mérite salaire.

LES COULOIRS

Le couloir des premières est dangereux, les hommes y sont jeunes, élégants et hardis; et je pourrais mettre un nom sur la plupart des visages si je n'avais horreur des noms propres.

Je ne jurerais pas qu'en cherchant bien on ne pût

trouver au foyer quelque rêveur égaré, quelque
amant du platonisme, mais ici nous sommes loin
du Décaméron que vous rêviez. On sacrifie à la
plastique, et ce n'est pas assez pour les habitués
du couloir d'admirer la blancheur des marbres :
ils s'inquiètent de leur dureté.

Un domino qui se plaint des tutoiements éner-
giques, des interpellations grotesques, des allusions
décolletées du couloir, fait éprouver une impression analogue à celle que produit un condamné à
mort se plaignant d'un courant d'air dans la salle
des assises. — C'est le moindre des dangers qu'on
y puisse courir.

J'ai dit qu'à l'entrée se tenaient les élégants et
les lions, celles *qui vendent le doux nom d'amour*
y passent donc en minaudant, elles rabattent leurs
barbes de dentelles et *fuient vers les saules* avec

une coquetterie et une frayeur enfantines assez
bien jouées ; mais rarement un habitué du couloir
franchit la limite, et tel de ces messieurs n'a pas,
durant un hiver, passé le seuil du foyer.

LE FOYER

Avant toute chose, un domino qui se respecte
ne porte jamais ni rosette bleue à son capuchon ni
nœud rouge sur l'épaule, et évite de s'asseoir sur
le banc qui se trouve au-dessous de l'horloge.

La grande dame vient à l'Opéra une fois en sa
vie; cachée dans une loge, elle jouit du coup d'œil
qu'offre la salle du bal; vers deux heures, soli-
dement appuyée au bras d'un cavalier elle fait un
tour de foyer, à trois heures son équipage l'em-
porte. Son domino est simple, son capuchon

manque de coquetterie, et les yeux seuls brillent
sous le masque.

La bourgeoise ne vient pas au bal et la bourgeoise a raison.

Que diriez-vous d'une dame de charité qui de-
manderait à son mari de la conduire à une céré-
monie sur la place de la Roquette? Je ne nie pas
l'attrait du bal, mais ce divertissement noctambule
a les âcres saveurs de l'absinthe pour les femmes
habituées aux joies décentes de la famille.

La provinciale y vient volontiers et, ce jour-là,
fidèle aux coutumes en usage du temps de *Mira* et
du quadrille de *la Chaise cassée*, son mari revêt
un ample domino qui dissimule mal son embon-
point et dénonce à tous son âge, son innocence et
jusqu'à sa position sociale. — La débardeuse accueille ce couple par ces mots : — « Monsieur et
madame *est* de Vesoul? » Le couple provincial se
fait plus rare de jour en jour — on en signale
à peine trois par bal.

Les femmes de quarante ans, les veuves par destination, les femmes séparées, les ex-jeunes filles qui ont fait une faute, et les *satisfaites* aspirant aux cérémonies consacrées par l'écharpe municipale, séjournent au foyer sur les bancs latéraux.

On les voit parfois errer solitaires, s'appliquant à cacher les lignes traîtresses des attaches du cou, triste certificat de maturité ; celles qui ont conservé de jolies dents ont inventé la gorgerette et la barbette qui laisse briller l'émail. Le velours noir est leur faible, et si passant près des colonnes des petits foyers vous saisissez au vol ces mots : *Illusions perdues... arbres du cœur... feuilles détachées...* je parie pour trente-huit ans au moins. — Se méfier des dominos funèbres qui parlent de cœurs malades et de plaies à cicatriser. Redouter ceux qui craignent sans cesse que le masque égalitaire les fasse confondre avec les femmes échevelées qui les entourent.

Quant aux hommes, l'Opéra devient pour eux
une habitude : mais presque tous, bien au fond du
cœur, ont une arrière-pensée — la recherche de
l'inconnue. — On a dit faiblement : « Je n'irai pas
au bal. » Et, vers une heure du matin, on met une
cravate blanche, on passe un habit noir et, ennuyé,
ennuyeux, maussade, sans enthousiasme, on
cherche à qui parler. L'Opéra, pour ceux-là est un
cercle où les femmes sont admises.

Quelques-uns plus naïfs ou plus poëtes, cœurs
follement épris de l'idéal, se surprennent à égrener
des madrigaux et des perles devant des drôlesses
qui les trouvent *assommants*, ils supplient les dominos de garder leurs masques et se gardent bien
de suivre le précepte d'Horace — *courir au dé-
noûment.*

Les plus jeunes emportent de ces fêtes un

trouble charmant, le lendemain ils adressent les
vers suivants au domino qu'ils ont reconduit :

Voici ceux qu'une indiscrète m'a laissé prendre :

..... Que tu sois joyau rare,
Perle irisée par un rayon,
Plâtre équivoque, ou dur Carrare,
Stras, diamant faux ou paillon :

Qui que tu sois, je te fais belle
Sans que mon œil luxurieux
Ait sous ta barbe de dentelle
Jeté son regard curieux :

Et suis à toi, Devineresse !
Qui me voyant passer au bal
As murmuré le mot Tristesse
M'épargnant un refrain banal.

Est-ce que ces vers ne sont pas un peu faux ?

S'ils avaient l'esprit d'aller au fond des choses
ils verraient que Carrare n'a rien à voir là-dedans ;
au contraire.

CONCLUSION

Ce qui ne m'empêchera pas samedi, vers une heure du matin, de jeter un regard d'envie sur ma couche sans avoir le courage de m'y étendre, et, forçat du plaisir, d'aller m'asseoir sur un des divans du foyer à la merci d'un hasard qui ne fait jamais d'autres agaceries que celles que je viens de décrire.

LE REVENANT

LE REVENANT

— Moi, vos revenants, vos tables et vos esprits
frappeurs, je ne donne pas dans ces godans-là,
j'ai du plomb n° 8 à leur service, et une fois...

— Je crois bien, tu es sentimental comme un
bilboquet, tu n'entends rien au merveilleux. Ça,
c'est positif, j'ajouterai même que tu parles
un idiome extraordinaire! — Continuez donc,
marquis, je suis folle de ces histoires-là, et

faites moi frémir un peu. Est-elle bien noire, la vôtre ?

— Pas précisément, madame, mais enfin je puis dire que j'ai senti un pâle fantôme coller sur mes lèvres ses lèvres glacées ; j'ai entendu dans le silence de la nuit s'exhaler les soupirs d'une âme en peine, et je vous assure que tout le plomb n° 8...

— Oh ! j'adore ça ; passez-moi le petit tabouret et la laine verte... Merci, allez !

⁂

— Vous connaissez bien Maxime, Maxime de Rieu, qui vient d'épouser Blanche de Vilesne, eh bien ! Maxime va chasser tous les ans à Chènegalon chez sa tante. Chènegalon est un manoir comme il n'y en a plus ; c'est une ancienne abbaye située à deux lieues de Bellesmes, au milieu des bois, avec église abbatiale, maison commune, palais abbatial, fermes, dépendances, enfin tout le tremblement.

Tout cela a très-bon air, mais, dame, c'est par-
faitement en ruine ; on fait la lessive dans le chœur
et de grandes lianes en guirlandes se balancent d'un
côté de la nef à l'autre ; il pleut là-dedans, c'est une
bénédiction ; car on a vendu le plomb des toitures
en 93. Enfin figurez-vous un coin de Jumiéges ou
un site de Walter Scott.

La comtesse vit là six mois, dans un coin de la
maison commune ; on a meublé cela tant bien que
mal avec beaucoup de paravents et des ancêtres de
Largilière ; on a taillé des chambres dans les ré-
fectoires et les offices ; c'est peut-être bien un peu
vide, mais vraiment c'est tout ce qu'il faut comme
installation d'été. La comtesse est une fée : avec
cent mètres de perse, dix potiches, trois tables et
une douzaine de chaises, elle vous fait un appartement charmant ; elle a un joli secret, elle met des
fleurs partout.

Les hôtes vous les connaissez : la comtesse et sa
fille, Marie Royer l'institutrice et les gens, pas davantage. La comtesse est intrépide, elle n'a peur
de rien, il est vrai que le gars Braud, le fermier,
est là. Maxime passe trois mois à Chênegalon ; les
mois d'automne ; on chasse, on pêche, on se promène, on joue au 'whist, on donne à manger aux
carpes et on mange trop. . c'est charmant. Il y a
aussi quelques voisins, très-bonnes gens. Braud
est positivement intéressant, et, ma foi, quand on
a rôti le balai tout l'hiver c'est un émollient qui a
son prix, sans compter que la marquise est une perle,
elle a de l'esprit jusqu'au bout des ongles, lettrée
comme une femme du dix-huitième siècle et pas
trace de bégueuisme ; du reste vous savez que
c'est une invention moderne.

Moi, quand à l'automne je prends le sentier qui
conduit à Chênegalon, j'ai des joies d'enfant et je
dirais des bêtises aux buissons. J'envoie des baisers partout comme un toqué, aux haies, aux sau--

les, à l'étang, aux halliers et aux frênes ; je récite
du Musset tout haut, — tant pis, j'ai vingt ans !

Il faut vous dire, madame, que pendant douze
années j'ai passé là toutes mes vacances, et je puis
dire avec votre ami le poëte que toute ma jeunesse,
comme un essaim d'oiseau, chante au bruit de mes
pas. A Bouglinval, j'ai enfumé des renards dans leurs
terriers, et les renards, pas bêtes, m'ont mordu,
voilà la cicatrice ! — Dans le rû, j'ai pris des bains
forcés et pêché des écrevisses ; derrière le fourré
au gars Braud, j'ai vu déboucher mon premier
chevreuil, — j'ai cru voir une bête de l'Apoca-
lypse.

— Ça me fait toujours cet effet-là, à moi...

— Mais taisez-vous donc, Nemrod n° 8. — Allez,
marquis.

— Enfin, madame, il y a quelques années, peu

importe le nombre, j'étais déjà un gaillard, — je
devais avoir dans les vingt ou vingt-deux. —
Maxime avait organisé une chasse à Chênegalon. Le
rendez-vous était à la fontaine ferrugineuse, il y
avait là Deschênes, le garde général, un bon garçon qui ne pouvait pas commencer une phrase
sans dire : « Cré nom, messieurs! » Persois, le no-
taire de la comtesse, fin comme l'ambre, mais
grêlé!.. Non, ça ne se dit pas; Briot, un jeune
homme qui a mal tourné, il fait de l'économie po-
litique; M. de Vergennes, votre adorateur, déjà
mélancolique et plus tard diplomate; ce colosse de
Bonneval qui se chargeait toujours du déjeuner;
Bourcart, le receveur, celui qui a eu des mal-
heurs... Vous savez bien Mme Bourcart; enfin Braud
le fermier, Maxime et moi, une dizaine de jou-
venceaux bien en chair.

Nous avions chassé neuf heures, j'étais fourbu,
brisé, et, ma foi, j'étais rentré à Chênegalon sans
vouloir souper; à huit heures je me glissais dans
mon lit comme un somnambule, un quart d'heure
près, plus personne!

Je dormais comme un plomb. Depuis combien
de temps? Je l'ignore. Quand tout à coup ma porte
s'ouvrit et je vis dans les ténèbres qui m'entouraient une forme blanche, un pâle fantôme se di-
riger vers mon lit. Son linceul blanc traînait jusqu'à terre, sa démarche était lente et timide, il me
sembla que les cheveux étaient dénoués et pendaient
sur les épaules.

Je ne suis pas peureux, j'ai fait mes preuves,
mais mettez-vous à ma place, un fantôme, un vrai,
dans une vieille abbaye, ce n'est pas rassurant.
Evidemment je rêvais, je me pince jusqu'au sang
pour m'assurer de mon identité et je ferme les
yeux pour échapper à l'horrible vision. J'étais muet

et glacé, et le fantôme avançait toujours, blême et tremblant.

C'était sans doute une de ces pauvres âmes en peine qui viennent demander au silence de la nuit les amoureux qui se sont réfugiés dans la prière et dans l'oubli du monde. Je ne m'en cache pas, je tremblais comme la feuille et j'eus peur. Bientôt il me sembla que la pauvre âme voulait réchauffer ses mains glacées à la moiteur de ma couche. Ses lèvres cherchaient mes lèvres, son cœur cherchait mon cœur. Pas de respect humain, — je crois que je m'évanouis.

J'entendis comme en un rêve ses dents claquer et je sentis ses pieds glacer mes pieds; j'étais sans force, sans vie et comme courbé sous une domination étrange. J'entendais des plaintes entrecoupées, des soupirs légers.

Quels tendres désirs avaient dû agiter ce pauvre cœur lorsqu'il habitait notre monde de fange?

Je luttais contre ma pensée, — funèbre présage! vision surnaturelle! Et pourtant les yeux du spectre brillaient dans la nuit, la forme vaporeuse s'accusait et prenait une voix et une âme, ce n'était pas une de ces visions fluides, Elfes ou Willis qui viennent à la nuit close effleurer de leurs pieds légers le thym et la marjolaine ou voltiger au-dessus des lacs à la pâle clarté de la lune. Ce n'était pas un de ces fantômes trompeurs, visions nébuleuses qui se dissipent quand on croit les enlacer.

Alors, comme un croyant qui ne veut pas faiblir et qui invoque l'ardente foi comme un refuge, je murmurai tout haut je ne sais quelle parole amère, et formulai je ne sais quel nom profane... Comme si je venais de prononcer le mot magique, le fantôme s'évanouit et me flétrit silencieusement en me jetant son linceul au visage.

J'avais offensé la pauvre ombre; je m'élançai sur ses traces, j'appelai, je suppliai, j'errai dans les

19

couloirs et jusque sous les arceaux du cloître, —
rien! Les rayons de la lune éclairaient les voûtes
désertes, les saints de marbre décapités et les preux
bardés de fer couchés sur les tombeaux en ruine
projetaient sur les dalles leurs ombres fantas-
tiques ; j'étais couvert d'une sueur glacée, je rentrai.

Jusqu'au jour j'essayai d'échapper à mon souvenir, je voulus lire, je ne suivais plus la pensée.
J'ouvris ma fenêtre, les pelouses et les horizons
étaient baignés dans la brume, des bandes d'un
rose pâle coloraient l'horizon, tout s'éveillait dans
la nature, tout souriait, tout était prospère, —
j'étais anéanti, je succombai à la fatigue et je m'en-
dormis.

Quand je m'éveillai mes hôtes étaient depuis
longtemps réunis à la salle à manger. La comtesse

me plaisanta sur mon air étrange et mystérieux, Marie m'observait d'une façon singulière, Maxime et sa sœur riaient à outrance et déclarèrent que je n'étais pas fait pour vivre dans l'intimité de la nature puisque mon valet de chambre avait frappé trois fois à ma porte et que je me levais à midi.

Je dissimulai mon trouble, et répondis de mon mieux à ces plaisanteries, mais je n'avais qu'une idée fixe, étudier la topographie des appartements. C'était naïf comme l'enfance. Au rez-de-chaussée, de plain-pied avec le parloir, toute la famille moins Maxime qui avait pris le pavillon du garde en plein bois avec ses chevaux et ses chiens ; au premier, de longs couloirs pleins de cellules, ma chambre, des fruitiers, des chambres à graine, et dans le fond les gens de service avec leur escalier spécial.

Le diner fut gai comme à l'ordinaire, mais j'apportais au milieu des joyeux propos et des frais éclats de rire mon air ahuri, étrange et préoccupé.

Hortense était calme et douce comme toujours.
Marie, avec son air moqueur et ses yeux légèrement
provoquants, me parut mal dissimuler un certain
trouble. Alors, par un artifice familier aux cousins,
tout en rongeant un os de perdreau comme un
cœur sans détour, j'allongeai délicatement le pied
pour retrouver celui de l'institutrice.

On a rarement vu un pied plus éloquent. — Marie leva sur moi son regard clair et me dit : —
« Mais, Gustave, vous prenez donc mon pied pour
le pied de la table! » Je m'excusai et reportai les
yeux sur Hortense, — elle partit d'un grand éclat
de rire, en disant à la comtesse : « Je t'assure, maman, qu'il a quelque chose d'extraordinaire. » Je ne
bronchai pas, le déjeuner fini, j'allumai un cigare,
et je fus faire un tour en disant à part moi : —
« C'est égal, ces petites filles sont bien fortes. »

Le soir, Persois vint faire le whist avec Deschênes. Il y avait un mort, moi j'étais près du piano avec ces demoiselles, et l'institutrice laissait courir ses mains sur le clavier. De temps en temps on entendait : « Invite à cœur, » ou bien : « Allons ! nous avons les honneurs, » et la comtesse, qui gagnait, disait au garde général : « Mais ne vous gênez donc pas, Deschênes, vous pouvez dire : « Cré nom ! » allez, nous ne sommes pas superstitieuses. »

Moi, j'évoquais ma vision et je m'enfonçais involontairement dans mes rêveries, quand, de tous ces préludes discrets, de ces motifs vaguement ébauchés, indiqués à peine, s'éleva lente et pure sous les doigts de l'institutrice, la plaintive mélodie de *l'Ame en peine*, et Marie me regardait fixement en caressant les touches du piano. J'écoutais palpitant, et mes lèvres laissèrent s'échapper malgré moi le refrain mélancolique : « *Elle apparut aussi pâle qu'une ombre.* »

19.

— Taisez-vous donc, Gustave, vous êtes lugubre et vous chantez comme un revenant, dit la musicienne, puis le piano se prit à soupirer tendrement : « *Si vous croyez que je vais dire qui j'ose aimer.* » C'en était trop, je me levai avec impatience, et je dis à la comtesse : « Bonsoir, comtesse, je suis en veine, je vais rêver. »

Enfin vous comprenez, j'abrége ; je rentrai, laissai ma porte entr'ouverte, et avant de me jeter sur mon lit tout habillé, je mis mon briquet sous mon traversin, j'attendis jusqu'à minuit, mon cœur battait un peu, cette fois je ne redoutais plus la vision. On s'habitue vite au danger, on veut le braver, je crois même que j'avais déjà la nostalgie du fantôme.

Vous allez comprendre ce sentiment-là, on n'est pas un Alceste, et puis, enfin, c'est une affaire de bonne éducation, on ne veut faire de sottise à personne, même à une âme en peine ; et il est évident que je m'étais mal conduit avec le spectre ; mais,

comme il était près de deux heures et qu'il ne
paraissait pas, je me déshabillai et me glissai dans
mon lit.

J'allais céder au sommeil quand ma porte s'entr'ouvrit encore, la vision blanche vint droit à
moi, je retenais mon haleine, mais j'avais mon
idée ! Comme la veille, le fantôme se penche vers
moi, je me retourne. — Crac ! j'allume ! le fantôme
se précipite, éteint ma lumière et s'enfuit.

J'en conviens, ce n'était pas délicat, je venais
d'ajouter l'indiscrétion à l'impolitesse ; mais on est
bien aise de savoir à quel fantôme on a affaire et
j'étais décidé à tout : plus prompt que l'ombre, je
lui barre le passage, je ferme la porte à clé et je
lutte corps à corps. Comme fantôme, il était très-
fort. Je le terrassai néanmoins avec assez de fa-
cilité. Je lui fis même des excuses ; du reste, une
discrétion absolue, car pas un mot ne s'échappa de
ses lèvres.

Au matin, comme un homme qui tient le mot d'une énigme, l'esprit dispos, la face claire et reposée, je descendis à la salle à manger.

— A la bonne heure, me dit la comtesse, vous revenez d'un monde meilleur; vous m'avez inquiétée hier.

L'institutrice raillait toujours.

— Vous aviez fait de mauvais rêves, et peut-être cette nuit de plus doux songes...

— Oh oui ! m'écriai-je en faisant mon œil en coulisse, de bien doux songes ! — et je rallongeai le pied. — J'avais l'air bête comme tout.

— Ah çà ! mais, monsieur Gustave, c'est donc un tic, le pied de la table n'est pas là.

J'étais furieux ! — Eh bien, comtesse, dis-je, en fait de songes, est-ce que jamais les hautes dames et les chevaliers qui reposent sous les dalles du cloître ne sont venus vous visiter pendant la nuit?

— Oh ! mon cher Gustave, les songes ! J'ai un si bon estomac et je dors si bien.

— Vous riez, comtesse, eh bien! moi qui vous parle, pas plus tard que l'année passée. .   .   .

. .   .   .

— Oh! mon Dieu, ma petite Jane, que vous êtes donc maladroite, un plat à la corne ? — s'écria la comtesse en entendant un grand fracas de vaisselle. Je me retournai et j'aperçus derrière ma chaise un amour de petite femme de chambre, rouge de confusion, qui se baissait pour ramasser les morceaux.

— Alors, comtesse, dis-je, en gardant tout mon sang-froid, je veux bien qu'il n'y ait pas de revenants à Chênegalon, mais accordez-moi que vous avez du thé vert.

PORTRAIT

PORTRAIT

Ce n'est point une princesse de conte de fées,
c'est la Bonne Princesse. — Voix, démarche et
sourire, tout en elle révèle la bonté et elle en
connaît toutes les nuances.

On la comprend vite, elle est *claire*, limpide et
sans détours ; elle n'entend rien aux artifices du
langage, et la diplomatie proverbiale des cours n'a
pu altérer en elle une absolue sincérité qui est un
de ses plus grands charmes. On la sent vivre, on

20

lui sait gré d'oublier son nuage et son char et de combler les distances avec sa bonté.

Les hommes disent d'elle, avec une rudesse qui doit être chère à son sexe : — C'est une vraie femme ! — et c'est sa meilleure gloire, elle en a les élans et les spontanéités, les audaces heureuses et les exquises délicatesses. Excessive, enthousiaste, d'un cœur ardent et passionné, elle aime ou elle n'aime pas et le dit avec franchise ; elle n'a pas de demi-tendresse, et, à toutes ses prédilections artistiques, il se mêle une nuance de sensualisme italien qui les colore comme une goutte de sang vient colorer une vaste coupe d'eau limpide. — C'est le sentiment qui fait des héroïnes du Titien et du Giorgione des femmes désirables en même temps que des reines et des divinités.

Cherchons un peu la femme sous la princesse.

Si elle a pu vous éprouver ou vous deviner seulement, comptez sur elle, elle a compris à demi-mot, elle a la logique du cœur, elle aime ceux qui l'aiment. et, ni le temps ni l'absence ne peuvent altérer sa confiance qu'elle ne place qu'à bon escient. — Ses amis sont donc sûrs d'elle, — et ses ennemis aussi ; ne craignez rien, chacun son compte, et comme son amitié est franche et loyale, elle saurait au besoin ressentir une belle haine, bien franche et bien loyale aussi.

Je ne crois pas que la Bonne Princesse soit femme à chercher la lutte ; d'ailleurs elle aime le calme et la tranquillité, mais je pense qu'aucune d'elles ne l'accepterait avec plus de cœur si on la lui offrait. — Vous êtes oiseau ! — Voyons vos ailes ?

Fatalisme ou superstition, elle croit à ses pressentiments, à ses instincts, et se laisse guider par ses sympathies qui lui épargnent une longue et difficile étude. Aussi son regard clair et franc va-t-il droit au cœur. Elle possède une parfaite sérénité qui naît de la droiture de son caractère et d'un grand calme intérieur. Je cherche vainement sur ce visage, certainement plus empreint d'affabilité

que de grandeur, le signe de cette agitation fié-
vreuse qui est la maladie de notre temps. — La
beauté passe, les trônes s'écroulent, les révolu-
tions, comme un orage, balayent les cours, dis-
persent les courtisans aux quatre points cardinaux,
font des exilés de ceux qu'on entourait et dont on
briguait un regard, mais la bonté est éternelle.
Alors, quoi qu'il arrive, les gens de cœur n'ou-
blient jamais ceux qui savaient bien porter la
grandeur, et qui ne vous demandaient point de
leur sacrifier vos convictions et vos croyances,
estimant que ceux-là seuls sont dignes d'amitié,
dont on peut respecter le caractère.

Il me semble que la Bonne Princesse était née
pour un cercle d'habitudes paisibles, un petit
nombre d'amis délicats, épris des choses de l'in-
telligence, des dilettantes, des artistes, des lettrés
dont elle aurait su la vie, qu'elle aurait vus souvent. Elle aurait vécu sous un ciel bleu, — à Florence, — à quelques pas de la Tribune, — dans un

palais entouré de grands jardins, — beaucoup de fleurs, des marbres, des grandes peintures, du repos, de l'ombre, du travail et de longues heures passées ensemble. On se serait baucoup vu, tous les jours, et le moindre événement heureux ou malheureux arrivé à l'un de ses familiers eût été une émotion pour chacun d'eux. — En un mot, l'imagination crée à son usage cette société raffinée que Sthendal nous fait entrevoir, et dont nous nous souvenons avec attendrissement.

A défaut de Florence, la Bonne Princesse a su bien organiser sa princière existence. Son charmant petit palais, le milieu dans lequel elle vit, ceux qui l'entourent, tout rappelle les réunions de la cour de Ferrare. — C'est un petit coin de la Renaissance italienne égarée dans notre siècle avec une nuance de tendresse et d'affabilité qui nous reporte à ces cours méridionales où les princes demandent des nouvelles des mères et des sœurs, s'inquiètent avec bonté des travaux, des joies et des chagrins

20.

pour en prendre leur part. — Charmant milieu
si différent de la cour de France où les rois
savent trouver la ligne idéale qui sépare la splen-
deur du trône de la familiarité, où le savant, l'artiste et l'écrivain marchent toujours les pairs des
grands du royaume, sans embarras et sans oné-
reuse concession.

Le luxe des palais a sa banalité comme celui des
hôtels garnis, et si la grandeur sauve souvent du
mauvais goût, plus rarement elle évite ce je ne sais
quoi d'impersonnel qui est le cachet de quelques
demeures souveraines. Chez la Bonne Princesse le
luxe est tout intime, l'art veille à la porte, et se
mêlant partout au sentiment intime de la femme,
imprime un cachet à chaque meuble, à chaque joli
rien, aux fleurs, aux tableaux, aux torchères, aux
paravents sculptés par des fées ou des Chinois
ivres d'opium, aux vases repoussés, aux majo-
liques, aux splendides étoffes.

Ecco fiori ! — Le palais en est plein depuis les salles d'attente jusqu'à ce joli jardin sur lequel s'ouvre le mystérieux atelier que franchissent les intimes seuls, vaste salle qui respire le calme et le recueillement. Ces bananiers, ces lentisques, ces lianes, à deux pas des figures héroïques des maitres et des Vierges des vieux coloristes, c'est une aspiration constante vers une nature plus ardente que la nôtre. — L'Italie, toujours l'Italie ! Ce souvenir est au fond de sa pensée, il l'obsède et se fait jour malgré elle, elle en aime l'idiome et s'entoure de tout ce qui rappelle le ciel implacable, la mer bleue, les grands types. C'est la dominante de cette nature. — Parcourez le palais, jetez un regard au hasard sur les toiles qui le décorent. — Ici, une *Intrigue à Venise*, des chatoiements d'étoffe, des portiques, des masques, de la couleur et de la lumière ;— une *Pasqua Maria*, — des Transtéverines, la campagne de Rome ; — une *Procession à Naples ;* — des *Séminaristes sur le monte Pincio ;* — un

Moine qui chemine. — Vous le voyez, c'est encore
l'Italie, et l'Italie des patriciennes, avec de vagues
influences des Médicis.

L'atelier n'est point arrangé à souhait pour le
plaisir des yeux, le chevalet est là, là les pinceaux
et la palette aux tons vifs, toute la jolie mise en
scène de l'art professé par une femme. Ici on travaille, ici on aime l'art, et l'œuvre commencée
tyrannise la pensée de celle qui l'exécute, aussi
impérieusement que les œuvres militantes des artistes les obsèdent et s'imposent à eux. — Il s'agit
bien de grandeurs et de préséances, de réceptions
et de protocoles, c'est un ton fin qu'on ne peut
saisir, un fond dont on cherche le rapport et la
nuance, une expression qu'il faut rendre et des
gris qu'on va mettre dans une étoffe pour l'assou-
plir. — C'est beau la grandeur, mais il faut mo-
deler sa tête dans sa séance et faire tourner cet e
épaule avant que le jour baisse! — Et l'artiste a sa
coquetterie, elle a son petit atelier de prédilection

et ne veut montrer son ébauche que bien encadrée
d'un chaste papier blanc qui fait éclater l'aquarelle
commencée. Et, le soir, après avoir bien travaillé,
l'artiste rayonne, et la causerie se ressent de cette·
satisfaction.

Ici, le goût n'a rien de nébuleux et de mélancolique, c'est un esprit viril et franc, l'artiste domine,
quel qu'il soit, et c'est la note sur laquelle il faut
insister. Il y a là un fond de naïveté qui intéresse
au plus haut degré les chercheurs de types, ceux qui
sont fous de tout ce qui a la vie, l'exubérance et la
race. La forme, le ton, la couleur, le son, que ce
soit fleurs ou fruits, étoffe ou rayon, harmonie ou
parfum, sont les grandes voix qui parlent le mieux
à son cœur et à ses sens, et je soupçonne au fond
de ces efforts artistiques, réels et sérieux, quel que
soit le résultat, qu'il ne faut pas exagérer, un désir
fixe d'être une personnalité artistique comme elle
est une personnalité officielle et une figure féminine
bien accentuée. Car la Bonne Princesse apprécie le

mérite personnel plus que les écussons, et professe
ce libéralisme des grandes natures qui repose sur
la justice et la raison.

On rencontre autour d'elle tous ceux qui se sont
fait un nom à force de travail et de talent, grande
aristocratie qui ne le cède à aucune autre. Ce salon
est, depuis les beaux temps de l'esprit français, la
restauration et l'immortelle Renaissance de 1828,
celui où l'on suit le mieux le mouvement des idées,
on y coudoie l'homme célèbre depuis hier, celui
qui le sera demain. Il y a là de charmantes causeries, et malgré le fatal *officiel*, un entrain de
grand ton que doivent envier ceux que leur grandeur attache au rivage.

Vous connaissez ces personnages de Shakespeare
qui non-seulement ont de l'esprit, mais encore en
donnent aux autres. — La Princesse a ce don-là et
quelquefois par un heureux hasard, une bonne
disposition, elle rayonne, semble heureuse de
vivre et de voir groupés autour d'elle ceux qu'elle

aime le mieux. Alors les plus réservés s'enhar-
dissent, tout ce qu'on dit est heureux, tout se
groupe et se compose bien ; le guéridon, la lampe
et les jolies femmes feuilletant les keepsakes, le
dernier des ambassadeurs, qui semble un beau
portrait de Lawrence, tient bien sa place à la cheminée, les profils perdus s'agencent bien avec les
lignes des fauteuils, et les robes blanches font
valoir les habits noirs, les cordons rouges et les
plaques. — Et l'air qu'on respire là est empreint
de confiance et de bonté, on a à tâche de plaire et
on a le bonheur de réussir.

On a vu des princesses, des impératrices et des
reines qui redoutaient le voisinage des jolies femmes
et les proscrivaient impitoyablement de leurs salons
sous quelque fallacieux prétexte ; ici, on leur fait
bon accueil et on les recherche. Du reste, je vous
assure que les grandes coquettes se sentiraient
désarmées par cette fière franchise qui vous accueille le soir dans ces salons amis où l'aristocratie

du nom coudoie l'aristocratie du talent, en pleine lumière, sous le jour implacable d'un atelier au nord. — Et c'est un charme de voir les jolies épaules irisées par un rayon de lumière, les boucles de cheveux retenues par des camélias, et des silhouettes élégantes qui se détachent en demi-teinte sur les fonds lumineux. — Toutes ces jolies choses-là sont la vie des artistes.

La Bonne Princesse a, pour tous ceux dont elle aime la personne et le talent, des attentions délicates et charmantes. — Une entre mille. — Un jour, un jeune écrivain, un des grands littérateurs de ce temps-ci, disait éloquemment devant elle toute son admiration pour les grandes compositions de Rubens ; il évoquait les chasses héroïques, l'épique Thermodon, les gigantesques cohues de cavaliers sur des ponts qui s'écroulent. — A quelque temps de là, il reçoit la collection complète de l'œuvre gravée du grand maître. — En soi, c'est peu de chose, mais si vous saviez comme un tel

souvenir et une telle attention touchent ces âmes
vibrantes à tous les vents qu'on appelle des artistes !

Aussi voit-on, groupés autour de la Bonne Princesse, des dévouements sérieux, discrets, ignorés,
à l'état latent, qui ne seront peut-être jamais mis à
l'épreuve, mais qu'elle doit deviner, ce me semble,
à la seule clarté du regard.

Je voudrais que vous eussiez l'heureuse fortune
de rencontrer la Bonne Princesse visitant un atelier
d'artiste. — Voilà bien son vrai milieu, elle aime
le pittoresque de l'atelier, ce calme à la fois mo-
nastique et mondain des hautes salles, où les ar-
mures luisent dans la pénombre, où les torses antiques et les Niobés accusent leurs modelés sous
l'estompe de la poussière, où les vieilles tapisseries
s'harmonisent sous la patine du temps. — Là éclate
une copie de Velasquez. Les *Lances* ou les *Bor-
rachos*. — Elle court droit à don Diégo comme à
un ami. — Ici c'est une ébauche furibonde, rapide,

21

à l'emporte-pièce, pleine de nerf et d'accent; elle cherche sous l'ombre et la poussière les fraîcheurs et les demi-tons, et la voilà qui frotte la toile avec son gant.

Elle veut tout voir et elle voit tout, car tout l'intéresse, la toile ébauchée, les conceptions dégagées à peine des mille tâtonnements de la pensée, les croquis légers, les notes, la palette, le panneau, les procédés, le modèle vêtu de sa grande robe rouge.

Son œil d'artiste, exercé et sûr, va chercher sous un pli d'étoffe, au mur gris de l'atelier, le cadre dans lequel rit une tête blonde.

Ceci est joli ! — Elle le dit franchement, spontanément! — J'aime moins ce mouvement! — Et vive, rapide, elle revient à ce qu'elle aime le mieux, le commente et le dissèque en artiste, elle veut se rendre compte des glacis et des repentirs, des effets et des causes. — Ceci lui rappelle cela, la princesse n'est plus là, c'est l'artiste qui prend le panneau et

qui se met à genoux pour regarder une toile ébauchée et oubliée dans un coin. — Tout cela est bien
son élément. — Elle ôte son gant, frotte la toile, de
cette jolie main célèbre, blanche et potelée, sans
bague et sans bracelet. — Elle vous prend à témoin
et requiert votre impression. — Le mouchoir
tombe, elle s'interrompt pour vous remercier
comme d'un grand service rendu.

C'est la haute personnification de cette indéfi-
nissable qualité que possèdent les Italiennes —
Simpatica.

UNE CONVERSION

UNE CONVERSION

Vous me demandez comment j'ai été pincé !
Mon Dieu c'est bien simple ! mon oncle de Vilesne
m'avait dit : « Qu'est-ce que tu fais à Paris ? Tu
gaspilles ton argent et ta jeunesse ; tu as des mines,
ma parole d'honneur, j'en suis honteux ! Tu te
couches à des heures crépusculaires, on te rencontre à cinq heures du matin sous les arcades
Rivoli, tu te brûles le sang, tout cela n'est pas une
existence. Viens donc à Lorey ! il n'y a que cela

pour te remettre. Tu monteras Scapin, tu pêcheras, tu chasseras ; tu connais ma cave et ma bibliothèque, tu pourras prendre ma grande ligne, je te laisserai pêcher dans la réserve, et je n'inviterai jamais Mme Bhering. Tu vois·que je suis gentil. D'ailleurs tu feras plaisir à ta tante, sans parler de Blanche ! Si tu savais comme ces êtres-là t'aiment, et entre nous tu ne le mérites guère ; tu vas, tu viens, tu dînes avec nous sur un pied, au jour de l'an et à notre fête, et encore tu files à neuf heures pour une affaire importante qui tombe régulièrement ce jour-là. Tu sais, mon petit, je connais tout ça moi, j'ai rôti le balai jusqu'au manche ; mais là, franchement, on n'est pas sacripant comme toi. On te voit partout avec des dames qui ont des chignons qui n'en finissent pas ; mais de mon temps, mon cher, quand on était bien né et pas trop mal tourné, et bien, mais... Enfin, tu verras, tu te ruineras et ça te fera belle jambe. Tu n'es pas bête, tu as même un certain brillant,

mais tout cela n'est pas une ressource, et je crois
que tu ne feras jamais rien de bon. »

C'est drôle, les parents sont tous les mêmes,
jamais rien de bon! Je voudrais bien les y voir,
eux. Je suis le système Benting; j'ai dressé un
cheval à Onésime en trois semaines; je ne sors pas
de chez Pons; je travaille la fauconnerie avec
Grandmaison et je suis du *Crickett*. Ils appellent
cela ne rien faire. Enfin! ma famille n'a jamais su
me comprendre...

Quinze jours à Lorey, ça n'a rien d'effrayant;
ma tante est bonne au possible et Blanche est gentille comme tout; quant à mon oncle, c'est une
perle, et des chevaux tenus! Comme on sent le
cavalcadour de Mme de Berry! Bref, je pars pour
Lorey : il y avait déjà quinze jours que j'y étais,
je me portais, on n'a pas l'idée de ça! Je buvais!
je mangeais, je marchais! j'étais gai comme un
pinçon et je chantais de l'italien! Moi, c'est un tic,
quand je suis gai je chante de l'italien; aussi, mon

oncle prétendait qu'on avait lâché des ténors dans
les couloirs. Blanche m'appelait *le Trovatore*, ma
bonne tante disait que j'étais la joie de la maison,
parce qu'au fond, vous savez, je ne suis pas mé-
chant.

Un matin donc, nous sortions de table, mon
oncle m'offre un cigare monumental, un *cabañas*
superbe, et tout en me prenant le bras il m'entraîne vers l'étang. Je n'oublierai jamais ça.
Blanche marchait en avant, elle avait une robe de
piqué blanc à jupe courte, le jupon de dessous était
rouge avec des petits pompons espagnols, et des
bottines jaunes qui montent, qui montent... on
veut toujours voir où ça s'arrête. Ma tante était en
peignoir, mais un peignoir serré, en toile de soie
forme princesse, taillé en biais et un peu plat sur
les hanches. Elle avait les cheveux relevés à l'antique. — Elle se met encore très-bien ma tante. —
Elle portait à son bras un petit panier en tapis-

serie, avec des morceaux de pain coupés pour le déjeuner des carpes.

Pendant que ces dames nourrissaient les pensionnaires, mon oncle m'entraînait vers la petite île pour fumer son cigare à l'ombre du gros catalpa qui ombrage la Kalbrett. Sur l'autre rive, Blanche et ma tante, penchées sur la berge parmi les bouillons blancs, les grandes sauges violacées et les liserons, se dessinaient en jolies silhouettes sur un fond vert tendre. Les morceaux de pain flottaient sur l'eau, détrempés à souhait ; de temps en temps une grosse carpe lente et belle venait à la surface happer sa proie, le menu poisson frétillait d'aise, sautait hors de l'eau, et les écailles éclataient comme de l'argent. Mon cigare était exquis, la digestion se faisait bien, j'avais reçu le matin une lettre sentimentale : si tout cela n'était pas l'image du bonheur, c'était bien près de l'être.

Au bout d'un instant, comme nous gardions le silence, je regarde mon oncle qui avait les yeux

attachés sur sa femme et sa fille, il ne fumait plus,
et je vois une grosse larme qui roulait le long de
sa joue. Une larme! mon oncle! mon pauvre oncle! un vrai Spartiate qui n'avait pas pleuré depuis
Goritz. Vous n'imaginez pas le coup que ça me
donne, et je me mets à pleurer comme une bête ;
il me saisit le bras : « Prends garde! pas de bêtise,
ta tante te regarde. » Ce ne fut qu'un éclair, il me
demanda du feu et se leva d'un air résolu.

J'eus beau questionner, rien n'y fit, ces dames
rentrèrent dans leur appartement, l'oncle gagna
sa bibliothèque sans me demander de faire sa partie
de billard. Comme il faisait très-chaud, je m'en
fus lire l'histoire de Joseph vendu par ses frères.
— Je dois vous dire que je ne voyage jamais sans
mon Joseph : je lis une page, deux pages ; à la
seconde, paf! je dors comme un loir. Mais ce
jour-là je dormis mal, j'étais inquiet, et vers trois
heures, quand Braud vint m'éveiller, j'étais déjà
sur pied. Braud m'avait dit : « Quand monsieur

sera prêt, monsieur désirerait parler à monsieur
dans la chambre de madame. »

Tout cela n'était pas naturel ; ma tante avait un
air solennel que je ne lui avais jamais vu , et je ne
sais rien de comique comme ma tante quand elle
veut être sérieuse ; mon oncle était visiblement
gêné.

— Prends un siége, mon cher Georges, me
dit-il.

— Oui, mon président ; faut-il dire mon âge ?

Voilà ma tante qui part, la glace était rompue.

— Allons, grand enfant, écoute, nous voulons
te faire du bien malgré toi. J'ai beaucoup réfléchi
depuis quelques jours ; ce matin même tu as été
témoin d'une émotion que je n'ai pu réprimer.
Je suis vieux ; d'un jour à l'autre, qui sait ! je puis
avoir la douleur de voir en partant les êtres qui me

sont chers rester sans protecteurs et sans appui ;
j'ai essayé de faire de toi un homme : à ton tour
aujourd'hui de recueillir ce dur héritage et de
devenir le soutien de ceux qui resteront.

— Oh ! mon oncle, m'écriai-je, vous voulez me
marier, ça n'est pas gentil, je n'aurais pas cru cela
de vous.

— Laisse-moi finir, je ne te parle pas d'un de-
voir auquel tu ne chercheras certes pas à te soustraire, je connais ton cœur. Je ne suis pas un
Cassandre, je ne peins ici ni les joies du foyer
domestique, ni le bonheur qu'on éprouve à sentir
un cœur battre près du sien et d'avoir quelque
part un port où s'abriter aux jours d'orage.
Tu sais que je ne suis pas grand faiseur de phrases
et que je t'aime de tout mon cœur ; allons laisse-
toi être heureux et ne dérange pas les projets que
nous avons formés pour toi.

— Mais mon oncle, pour se marier, il faut une
femme, et je ne sais pas quelle est l'infortunée jeune

fille qui voudrait allumer en ma faveur les flam-
beaux de l'hyménée. Considérez que je suis bien
jeune encore, que je n'ai peut-être pas toute la
maturité désirable, que ce sont des devoirs bien
lourds, une responsabilité bien grande. Songez
donc, mon oncle, toujours la même chose ! C'est
un peu effrayant ! Je ne dis pas, il faut bien en
passer par là; je demande une dizaine d'années
pour réfléchir, car je ne me consolerais pas de faire
le désespoir de mon épouse.

Mon oncle restait sérieux, ma tante comptait les
points de sa tapisserie.

— Tu t'exagères ta jeunesse ; tu as trente-deux
ans, tu n'es plus un enfant ; tu vas me forcer à te
dire des choses dures... Eh bien ! tu te déplumes
et tu t'empâtes, tu n'as déjà plus de cheveux sur
le sommet de la tête ; tu prends du ventre malgré
la méthode Benting, et voici des poils blancs dans
ta barbe, indice certain d'une jeunesse orageuse.

— D'abord, mon oncle, les cheveux blancs ne

prouvent rien du tout, et puis ça n'est pas une
raison. Ma tante est un bijou ; mais les petites
filles d'aujourd'hui sont des gouffres, et je vais
être une infortunée victime. Je vois ça d'ici, j'aurai
une femme qui fera quatre toilettes par jour, me
traînera en visite, restera au bal jusqu'à cinq heures
du matin, et le lendemain à onze heures me fera
aller à une messe de mariage à Saint-Thomas
d'Aquin.

Sous prétexte que nous serons à notre aise, elle
voudra recevoir et être reçue ; elle aura maison
de ville et maison de campagne ; l'été il faudra
aller à la mer, l'automne en Allemagne. J'ai
horreur de ça : ces plages où on fait de la tapisserie
pendant que les enfants font des trous dans le
sable. Des bains de mer qui ressemblent au concert
Musard, et des Casinos où vos filles dansent avec
des officiers prussiens. Sans compter que dans
cinq ans nous serons sur la paille.

Et les enfants qui viendront! Les institutrices,

l'anglais, le piano, les belles-mères! Toutes les horreurs de l'humanité. Et puis enfin, mon oncle, soyons pratique, je vous en fais juge, regardons autour de nous. Voilà la petite Bouglainval, elle est jeune, elle est belle, mais elle n'a que son cœur. Je ne suis pas un spéculateur, mais vous savez qu'on n'épouse les orphelines pauvres que dans Loïsa Puget. Mlle Blaisot est une assez jolie personne, douce, modeste, et je crois même une jeune fille de cœur, mais la belle-mère est en délicatesse avec la grammaire, et le beau-père vous tape sur le ventre. Marie a l'air d'être en porcelaine et me fait penser aux voyages au pôle nord. Berthe de Vonsy n'est pas une femme, c'est un canari: treize idées par seconde: elle vous mêle ensemble la gaze de Chambéry et les sacrements, les corsages châtelaine, les palpitations de cœur et l'abbé Baulain. Ce n'est pas un ménage qu'il lui faudrait, c'est une jolie cage avec du joli mouron.

Tout cela donne à réfléchir; il y a bien encore

22.

Jane Brideau, c'est honnête et pur, mais d'une simplicité évangélique, bête comme ses jolis petits petons et d'un pot-au-feu à faire frémir. Les autres, c'est une autre affaire, ce sont des anges à étouffer entre deux matelas. Ça parle déjà d'obligations et d'emprunt mexicain, à la fleur des ans, et ça vous fait des yeux en coulisses à ses valseurs! Ces précocités-là me donnent froid dans le dos.

Ma tante riait à se tordre, elle en avait laissé tomber sa tapisserie; mais mon oncle était impatienté; il m'arrêta d'un geste, et me dit avec une nuance d'attendrissement:

— Écoute, Georges, entends-tu?

— Ça, mon oncle, c'est la phrase à l'unisson de l'*Africaine*; il y a même un *si* qui est faux comme un jeton; il faut faire accorder le piano de Blanche.

— Eh bien, cela ne te dit rien?

— Oh! si, mon oncle, c'est très-beau et d'un grand effet: Sélika va mourir, les basses...

— Mais ce n'est pas de ça que je parle, Georges. Blanche !

— Eh bien, Blanche ? ma cousine ! Oh ! mon oncle, ne me faites pas dire des bêtises ; je ne sais pas, mais il me semble que cela me gênerait. Oh ! cette pauvre Blanche, ma femme ! Enfin, du reste… !

Mon oncle est fin comme l'ambre ; il n'insista pas, se contenta de semer cette idée-là sans me l'imposer, et se leva brusquement en disant : « Allons ! laisse ta tante faire sa toilette, moi je vais voir mes bûcherons. »

Scapin piaffait au pied du perron ; en un temps de galop, je m'enfonçai dans les bois du Mesnil. Je cherchais les allées ombreuses pour rêver à mon aise, et Blanche me trottait par la tête. J'entendais toujours la phrase à l'unisson avec un *si* qui n'était pas naturel ; je laissais flotter les rênes sur mon coursier, comme Hippolyte, et j'avais positivement du vague dans l'âme.

Le dîner fut très-gai, avec une nuance imperceptible de gêne. Mariette s'était surpassée, mon
oncle était charmant d'esprit et de verve, il avait
fait monter du Moulin-à-vent; ma tante avait des
petits raffinements de gourmandise, et Blanche,
avec une aisance que je n'avais jamais remarquée,
disait par-ci par-là des choses très-piquantes et
touchées juste. Je ne sais pas ce qu'il y avait dans
l'air, j'adorais tous ces êtres-là; à chaque instant
j'avais envie de me lever pour les embrasser, et
j'aurais voulu ne jamais quitter Lorey, y vivre, y
mourir, borner là tous mes désirs et toute mon
ambition.

On vint s'asseoir sur la terrasse; moi je pris
l'allée des sapins et j'arrivai au bord de l'étang sans
m'en apercevoir. Des grosses taches d'or coloraient
'horizon à travers les grands peupliers d'Italie et

venaient se refléter à mes pieds. De l'autre côté de
la rivière d'Eure, les moutons faisaient lever sur
la route une poussière qui se dorait aux feux du
couchant ; les mille bruits de la nature commen-
çaient à s'élever dans ce calme et ce silence. En un
instant j'évoquai ma vieillesse isolée, le foyer vide
et les tristesses de la solitude. Je vis s'envoler avec
les vapeurs qui s'élevaient du lac les essaims éperdus des rêves de ma jeunesse, les amours passa-
gères et les passions éteintes, les perfidies et les
fantaisies ailées, les erreurs mauvaises et les orgies
impures : et là-bas, encadrée dans la glycine et le
lierre, se dressait rayonnante et radieuse une douce
et blanche réalité. Je marchais comme un homme
ivre, en tendant les bras vers elle, et j'entrais dans
le salon au moment où, comme un motif qui se
dégage clair et limpide, éclatait la phrase à l'unisson. J'étais pâle et tremblant, je revenais d'un long
voyage dans un passé plein de ténèbres, et j'arri-
vais à la pleine lumière. Mon oncle comprit mon

trouble, devina ma résolution et m'ouvrit les bras ;
ma tante se mit à pleurer de joie ; Blanche qui n'y
comprenait rien, jouait faux comme un ange qu'elle
était, et je me rendis sans conditions. — C'est-à-
dire si, j'exigeai qu'on fît accorder le piano. Et
vous savez, mon cher, si je suis heureux en ménage !

LES FEMMES QUI S'EN VONT

LES FEMMES QUI S'EN VONT

Je suis sûr d'avoir connu, il y a quelques années à peine, dans les salons parisiens, une race de femmes qui étaient la joie de nos yeux, le délassement de notre esprit et la douce émotion de nos cœurs.

Elles aimaient les fleurs, la musique et la danse, elles lisaient souvent, causaient quelquefois, et savaient écouter. Elles étaient de bon conseil, on pouvait tout leur dire quand on était un homme d'esprit et de bon ton.

23

Elles se mettaient bien et n'insistaient point sur la parure; le monde des sensations était tout pour elles, et, lisant dans les cœurs comme dans un livre, elles s'intéressaient aux sensations et aux sentiments plus qu'aux faits et aux choses de la vie.

Par une coquetterie permise, même à la plus louable et à la plus digne, elles savaient, sans concessions onéreuses pour elles, tenir les cœurs dans un honnête servage et possédaient l'art difficile de faire jaillir au dehors la flamme que chacun de ceux qui les entouraient renfermait en lui. Elles connaissaient la pente de l'esprit de leurs familiers, les poussaient avec art sur le plan incliné pour leur donner l'occasion d'être brillants sans cesser d'être discrets et tout en restant aimables. Gráce à cet artifice, chacun d'eux, placé sur son terrain, instruisait sans pédanterie et sans effort. C'est ainsi que dans une causerie légère autour d'un guéridon ou au coin d'une cheminée un savant étudiait un système, un poëte disait quelques vers, un musicien dévoilait une partition inédite, un artiste racontait une toile à peine ébauchée, et cela au milieu des fleurs et des femmes, dans le demi-jour d'un salon élégant, sans parti pris, sans fatigue et sans éclat.

Ces femmes que je regrette étaient des Égéries au petit pied, on pouvait être ingrat et les oublier tout un hiver, mais on leur revenait toujours comme à un foyer sûr, et ce jour-là, on vous tendait la main sans reproche et sans fausse indulgence. Avec une exquise délicatesse on vous épargnait jusqu'à la surprise.

Après un voyage, une passion, un deuil intime ou une retraite commandée par l'étude, on venait reprendre au coin du feu, la chaise de tapisserie et l'écran qu'on avait quittés l'hiver passé; il semblait que c'était hier. Cette réserve et cette discrétion ne masquaient jamais l'indifférence; les femmes dont je parle savaient attendre l'heure des confidences, et elle sonnait bientôt, pleine et entière, sans réticence et sans arrière-pensée.

Je revois encore dans les salons amis ces petits
coins abrités, témoins des confessions spontanées
suscitées par un mot, par une analogie, par un
souvenir, peut-être enfin par un débordement du
cœur qui ne pouvait plus se contenir et qui voulait,
pour mieux porter son secret et dévorer sa peine,
les partager avec une amie.

On leur disait les déceptions de l'amour ou les
désillusions de la gloire, les meurtrissures de la
chute, les amers chagrins, les découragements
immenses et les lâches défaillances. Et dans cet aveu
facile on ne tentait de rien cacher, ni les blessures de
l'amour-propre, ni les émotions d'un cœur encore
troublé, ni les révoltes et les désordres des sens.

Tant de sincérité vous méritait toujours un pardon ; quelquefois un bon conseil, et souvent une
consolation.

C'est un charmant fantôme qui nous poursuit,
ce type de la femme que nous avons connue sous
tant de formes gracieuses, il y a dix ans à peine,

au début de la vie, alors qu'elle était dans la plénitude dè sa beauté. Où donc est-elle? Qui nous la
rendra? Et pourquoi celles qui s'avancent dans la
route qu'elles viennent de parcourir ne s'efforcent-
elles point de leur ressembler?

C'est aux femmes qui s'en vont qu'il appartient
d'arrêter la société parisienne sur la pente où elle
glisse à la plus grande confusion de l'esprit français.

Si elles n'y prennent garde, c'en est fait de nos
salons et de nos familles, et le monde parisien va
disparaître pour faire place à je ne sais quelle
cohue élégante qui foule au pied la douce intimité,
la causerie fine, la musique voilée et discrète, et
toutes les bonnes choses qui firent des salons
français, les premiers salons du monde au temps
de M. de Feletz et de l'Abbaye-aux-Bois.

Dans ce temps-là, on n'avait point encore inventé la séparation des sexes, usage cruel, anti-
social et qui va se répandant chaque jour davantage.

23.

Quel spectacle nous offre le monde aujour-
d'hui !

Dans les premiers salons, au feu de la rampe,
les femmes brillantes et parées ; dans les salles
d'attente, dans les antichambres, les hommes ;
dans les tenues les plus virginales, les coudes au
corps, pressés les uns contre les autres, violets, la
face pourpre, opprimés, somnolents, tristes et pleins
d'ennui. Les plus jeunes se haussent sur la pointe
des pieds dans l'espoir souvent déçu de surprendre
un sourire ou une attitude, un regard ou un har-
monieux accord ; mais ceux-là seuls que la nature
a doués d'une taille plus qu'avantageuse peuvent
se flatter, après de longues heures d'attente, de
voir le manche d'une contre-basse et le dos de
quelque femme géante trop décolletée.

Quant aux hommes et aux vieillards, ils se préoc-
cupent des fluctuations de la Bourse et de la cote,
et pas un d'eux ne semble se douter qu'un rayon
de lumière qui irise une blanche épaule est une

douce chose, et que les fleurs mêlées aux cheveux blonds font la joie des yeux.

Un salon est un passage où on ne garde point son chapeau sur la tête et où on peut se décolleter, la cravate blanche est de rigueur. On entre, on salue, on sort automatiquement, froidement, on n'apporte rien avec soi, on ne donne rien, on ne reçoit aucune chose ; c'est glacial et froid comme la Sibérie : les hommes sont gourmés et les femmes s'ennuient. On confond la fantaisie avec le mauvais ton ; un homme qui tenterait d'aller s'asseoir entre deux jupes pour causer honnêtement de l'émotion du jour et des prévisions du lendemain serait regardé comme un effronté et cité comme un *poseur* ; il faut s'ennuyer à périr et on s'ennuie sans protester.

Oh ! le vilain ton et la vilaine mode !

On a détrôné la galanterie et tué l'essort du bel esprit.

Au moment où, résigné à ne rien voir et à ne

rien entendre, confiné dans un étroit couloir, on
tente de se rattacher au monde par la causerie et
par l'échange des idées, il faut encore faire vio-
lence à nos mœurs nouvelles qui défendent d'aller
à celui qu'on ne connaît point. Cependant on
commence à secouer le froid manteau qui pèse sur
chacun des assistants, le premier pas est fait, la
glace est rompue, on va se connaître et s'apprécier : le silence et une involontaire défiance pou-
vaient faire de deux hommes inconnus l'un à l'autre
deux ennemis, ils vont s'apprécier mutuellement,
bientôt ils s'aimeront pour s'être compris; mais
un coup d'œil sévère et un chut ! impératif vous
replongent à jamais dans le silence, il faut écouter
la musique qui vous prive d'échanger vos idées,
car l'amphitryon s'avance suivi d'un pianiste che-
velu et d'une cantatrice sans voix.

Comme si chacun ne portait pas en soi son éternel aliment de distraction, on appelle à son aide
pour se distraire dans ces salons désolés, je ne sais

quels artistes fastidieux qui jouent du Schumann
quand le cœur et les oreilles voudraient du Mozart
ou du Cimarose. A peine perçoit-on les accords;
on écoute d'une oreille distraite, on aspire à la
fusion des sexes, et c'est ainsi qu'il était réservé à
ce siècle de prose de faire détester la musique à
ceux qui ont un culte pour les divins chanteurs.

Sans être un esprit chagrin on peut regretter
bien des choses à peine entré dans la vie. Les femmes d'aujourd'hui sont prudes sans être plus vertueuses, et les hommes sont froids, la conversation
languit, la danse est lugubre et monotone, et il
est beau d'être impassible et de ne point s'enthou-
siasmer. On fait plus de cas désormais d'un luxe
sans grâce, que du goût qui embellit toute chose et
fait une reine de la plus simple au nom de l'harmonie, de la couleur et du choix heureux des nuances.

Il me serait facile de développer tout cela d'un ton
badin et léger, sans pédanterie et sans tristesse. —

Après nous la fin du monde ! Nous avons connu
les femmes qui s'en vont et vous n'aurez plus, ô
jeunes gens qui vous avancez dans la vie une branche d'églantine à la main, que des fiancées soucieu-
ses et des femmes bien sages qui resteront jusqu'à
la tombe des pensionnaires ridées, des pots-au-feu
sans aile, horriblement, bourgeoisement préoccu-
pées des vulgaires soins du ménage !

Douce chose le ménage ! savoureux aliment le
pot-au-feu des familles ! abri cher et béni le coin du
feu ! Mais ils ne sauraient remplacer tout entier
pour beaucoup d'entre nous la vie de l'imagination
et les ardeurs de la pensée. Il faut à tout homme
qui aime et qui pense, à tout être épris des choses
de l'imagination une compagne qui sente les batte-
ments de son cœur et les ivresses de son intelli-
gence. Il faut qu'elle endorme ses douleurs, qu'elle
le réconforte aux jours de découragement, qu'elle
écarte de lui, comme un amer calice, les éternels
ennuis de la vie matérielle.

La machine compliquée qui s'appelle la vie doit fonctionner sans cesse et moudre pour lui le grain de chaque jour sans qu'il entende grincer les rouages. A la femme le soin de lui présenter, le sourire aux lèvres, l'aliment qui soutient et le breuvage qui ranime, à elle la joie de s'exalter de sa joie. C'est dans son amour qu'elle doit puiser l'intuition de toute chose et c'est par lui qu'elle doit s'élever. Si, douce et bonne, simple et sans aspiration vers l'idéal, elle ne veut pas trop durement le faire retomber sur la terre lorsque sa pensée vagabonde dans le ciel, qu'elle s'efforce et qu'elle médite. Il faut monter avec lui.

Si je vise trop haut, si je prends dans un milieu trop en dehors du milieu commun le type de l'homme, comptons avec le premier venu. Si vulgaire que soit sa vie, ne faut-il pas qu'il oublie ses travaux et ses ennuis de chaque jour dès qu'il s'assied à son foyer ? Qu'on lui soit toujours doux et ouriant, qu'il se retrempe au sein de la famille comme dans une source vivifiante, — descendons encore aux aspérités de l'existence et aux besoins vulgaires, — qu'on lui cache toute douleur et tout ennui, que l'heure qui réunit autour de la table de famille tous ceux qui sont le sang de sa chair ne lui présente que des visages joyeux, que les cœurs se dilatent, que le contentement éclate dans les yeux, que le sourire épanouisse les lèvres. — Cachez vos peines secrètes, ô femmes, cachez vos soucis humbles et prosaïques, faites-lui un foyer ami.

J'ai connu ici-bas des épouses chastes, des femmes sans tache qui furent d'épouvantables tyrans qui n'avaient pas la conscience de leur cruauté et qui empoisonnaient la vie de chaque jour par leurs tendances vulgaires et leurs instincts sans poésie. La vie n'est pas toute de prose, l'âme et l'esprit ressentent plus ardemment la soif et la faim que le corps.

Les *femmes qui s'en vont*, lorsqu'elles étaient

épouses et mères, savaient semer des fleurs dans
la neige et rendre la vie plus douce et les jours
moins sombres ; elles savaient faire résonner les
échos du foyer et mêler le rire aux larmes, comme
elles bannissaient les toilettes sombres et savaient
orner leurs cheveux d'un ruban éclatant ou d'une
fraîche anémone.

Jamais elles n'auraient permis qu'aux jours de
fête on séparât les groupes si bien faits pour s'aimer ; c'est là qu'on faisait l'apprentissage du foyer,
là qu'on s'étudiait avant de se mener à l'autel,
et la fiancée d'hier devenait moins souvent l'en-
nemie irréconciliable du lendemain et l'épouse infidèle.

ENVOI

Jeunes hommes qui allez goûter la vie, regardez
autour de vous et, parmi toutes les femmes qui

forment le monde où vous vivez, sachez, quoiqu'elles ne soient ni les plus jeunes, ni les plus
belles, vous concilier l'amitié de *celles qui s'en
vont.*

Vous ne les découvrirez pas tout d'abord, elles
semblent mettre un voile sur leur esprit comme
elles dérobent soigneusement les traits de leur
visage ; ce sont des personnes discrètes qui se ré-
vèlent par un éclat vite réprimé, ou dans l'art difficile des nuances.

Auprès d'elles, soyez naïfs si vous le pouvez ;
ouvrez vos cœurs, parlez sans détour, et montrez
votre jeunesse et votre enthousiasme sans respect
humain. Bientôt, de cette confiance vous sentirez
naître une intimité qui ne sera pas l'amour et qui,
exempte de ses faiblesses, deviendra la joie de
votre vie.

L'âge de fer commence, vous dis-je. — Aimez si
vous le pouvez celles qui arrivent, mais revenez

toujours à celles qui s'en vont : elles furent les femmes de l'âge d'or, et l'âge d'or a vécu.

Lorsque, tout baignés de larmes printanières, vous devorerez en silence quelque amère trahison, rappelez-vous que celles qui s'en vont ont des baumes pour toutes les blessures ; elles vous apprendront, avec la sagesse que leur a léguée l'expérience, à ne demander à l'arbre de vie que les fruits qu'il peut vous donner, et à faire du bonheur avec ce que vous avez sous la main.

C'est toute la science de la vie.

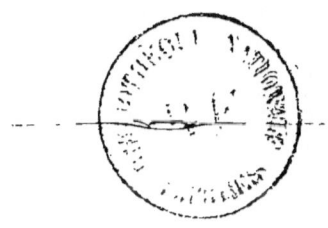

TABLE

TABLE

—

Paris. — Imp. VALLÉE, 15, rue Breda.